영업사원 김유빈

영업사원 김유빈 4

뫼달 장편 소설

초판 1쇄 찍은 날 | 2017년 4월 5일
초판 1쇄 펴낸 날 | 2017년 4월 12일

지은이 | 뫼달
펴낸이 | 예경원

기획 | 위시북스
편집책임 | 박우진
편집 | 이즈플러스

펴낸곳 | 예원북스
등록번호 | 제396-2012-000132호
등록일자 | 2012. 7. 25
KFN | 제1-081호

주소 | 경기도 고양시 일산동구 호수로 646-24 위너스21 II 빌딩 206A호 (우)10401
전화 | 031-819-9431 팩스 | 031-817-9432
E-mail | yewonbooks@naver.com

ISBN 979-11-6098-121-6 04810
979-11-6098-006-6 (set)

※ 이 도서의 국립중앙도서관 출판시도서목록(CIP)은 서지정보유통지원시스템 홈페이지(http://seoji.nl.go.kr)와 국가자료공동목록시스템(http://www.nl.go.kr/kolisnet)에서 이용하실 수 있습니다.

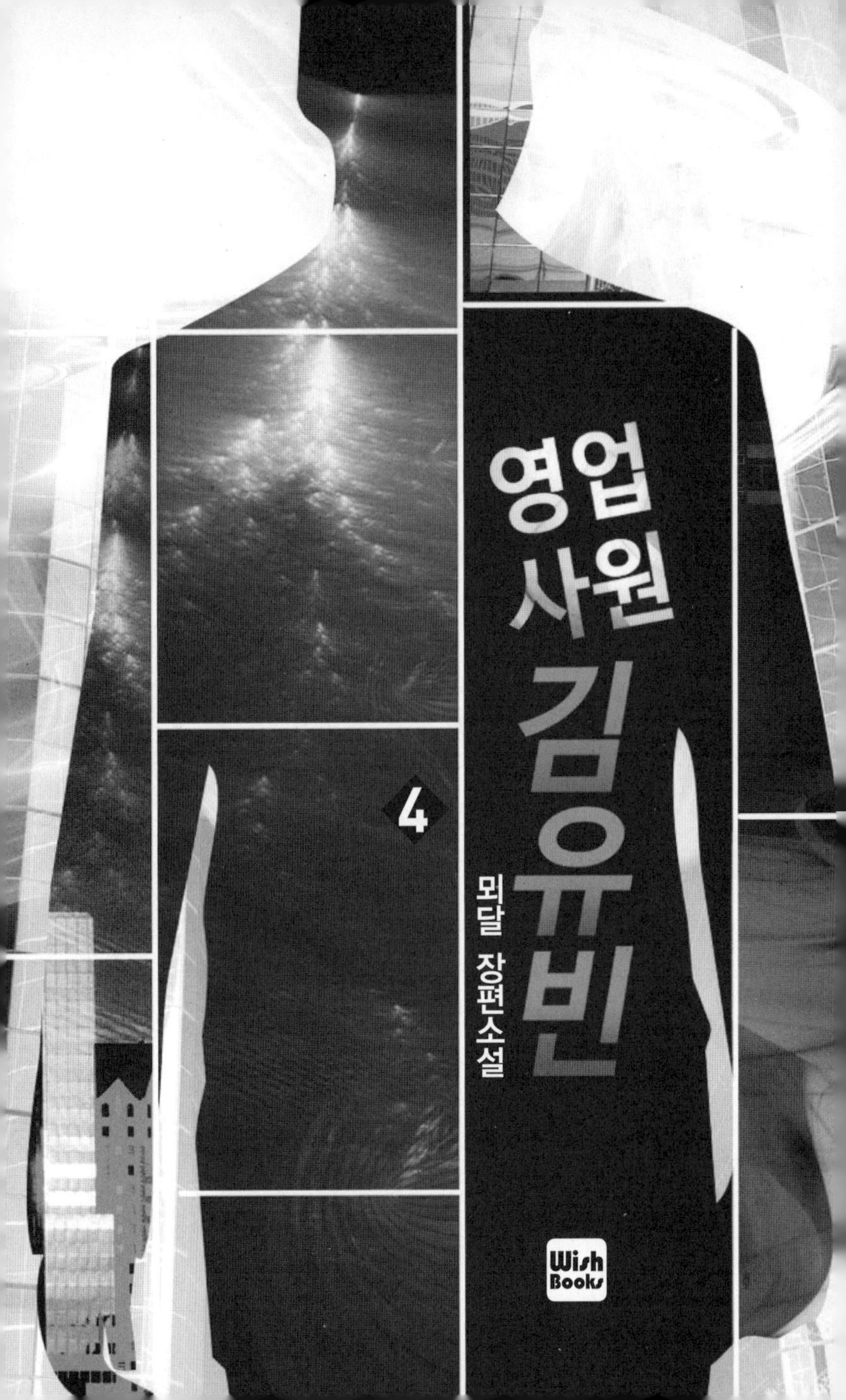
영업사원 김유빈
4
뫼달 장편소설
Wish Books

영업사원 김유빈

CONTENTS

24장
뉴욕, 하이 퍼포머 위크

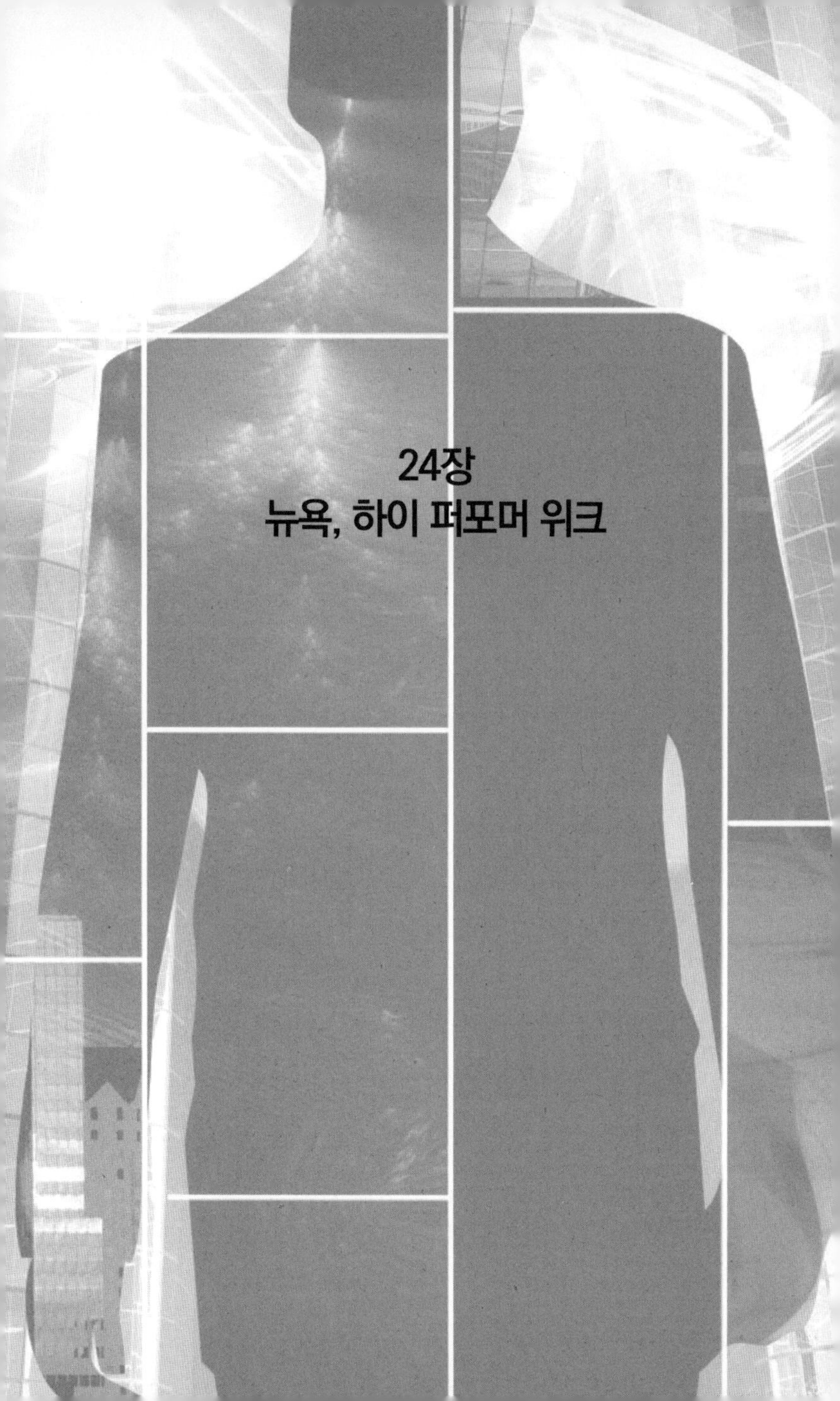

여성건강사업부 직원 중 동공이 확대되지 않은 사람은 당사자인 유빈과 그 옆에서 미소를 띠고 있는 이혁 지점장뿐이었다.

입사한 지 아직 일 년도 되지 않은 MR이 내근 부서로 발령받다니. 전례가 없는 일이었다.

깜작 인사가 드문 제약회사에서는 그야말로 파격적인 발령이었다.

게다가 유빈은 약사나 수의사도 아니었다.

첼시 사장의 서프라이즈한 발표가 끝나자마자 유빈을 향해 축하 인사가 쏟아졌다. 하지만 드러내지는 않았지만, 이번 인사를 탐탁지 않아 하는 사람도 많았다.

유빈도 사람들의 시선과 축하에 담담히 답하며 그를 둘러싸고 있는 각양각색의 오라를 지켜봤다.

진심으로 기뻐해 주는 사람, 놀란 사람, 질투 혹은 분노를 나타내는 사람들의 오라가 무지개처럼 그들을 감싸고 있었다.

예상하던 바였다.

이번 인사에 불만이 있는 사람들을 인정하게 하는 것 또한 유빈의 과제 중 하나였다.

"야, 김유빈. 너 어떻게 말 한마디 안 했냐?"

"언제 결정 난 거예요?"

어떻게 그동안 언질조차 주지 않았느냐는 강북 2팀 직원들의 볼멘소리와 함께 드러내지는 못했지만, 깜짝 발령을 누구보다도 기뻐하는 주서윤의 눈빛에 유빈이 환한 미소로 화답했다.

"어머, 차장님. 그럼 김유빈 씨가 이제부터 우리랑 같이 일하는 거네요. 호호. 잘됐다."

마케팅 부서에 처음으로 남자 직원이 합류한다는 사실에

들뜬 박다혜가 눈치 없이 소리를 높였다.

옆자리에 앉아 있던 홍경은 과장이 그녀의 옆구리를 세게 찔렀다.

"아야! 왜요, 과장님!"

"조용히 좀 해."

홍경은 과장이 고개를 저었다. 유진영 차장의 표정을 보고 그제야 자신의 실책을 알아챈 박다혜가 입을 꾹 다물었다.

"……아. 네."

유진영 차장은 유빈에게서 눈길을 떼지 않고 있다 박다혜의 말에 작은 한숨을 내쉬었다.

뒤엉킨 두 가지 감정이 그녀의 마음속을 헤집어 놨다.

피임약 복용률을 높이는 일은 그녀의 가장 큰 고민거리였다. 마의 3%를 뚫게 된다면 그녀의 커리어에 큰 도움이 될 것이 분명했다. 마케팅 전설이라 불리는 이연수 총괄부장도 실패한 일이었다.

하지만 아무리 캠페인을 하고 광고를 해도 오르지 않는 복용률에 유진영 차장은 스트레스를 받아 원형탈모까지 생길 정도였다.

그런 무거운 짐을 드디어 벗게 된 것이었다.

홀가분한 마음이 드는 한편 자신의 실패를 다른 사람, 그것도 회사에 들어온 지 일 년도 안 되는 신출내기에게 맡긴다는 사실에 자존심이 상했다.

첼시 사장의 말대로라면 분명 유빈은 이제부터 마케팅 부서 직원이었다.

하지만 동시에 독립적인 프로젝트라고 했다. 그렇다면 보고 라인도 자신을 거치지 않을 확률이 높았다.

유빈과는 발표 때 이미 부딪친 관계였다.

능력 있는 친구라고 생각은 했지만, 그는 마케팅 부서의 플랜을 대놓고 비난했다. 그건 자신을 비난한 것이나 다름없었다.

유진영 차장에게 유빈은 이리 보나 저리 보나 껄끄러운 사람이었다.

'어디 얼마나 잘하는지 보자. 영업과 마케팅은 완전히 다른 세상이라고.'

"선배님, 시간이 부족해서 하루 최소 스무 콜은 해야 합니다."

"스무 콜? 그게 가능해?"

"그럼요. 마음만 먹으면 가능합니다."

유빈의 말에 사색이 된 김성국이 고개를 절레절레 흔들

었다.

유빈의 인사로 이슈가 되었던 그랜드 미팅이 끝나고 다시 새로운 1분기가 시작되었다.

하지만 유빈은 바로 마케팅 부서에 합류하지 않았다. 그랜드 미팅에서 베스트 MR 시상과 함께 그에게 주어진 특전이 한 가지 더 있었다.

바로 유빈이 고대했던 뉴욕 하이 퍼포머 위크(High Performer Week)의 참석이었다.

드디어 목표로 하는 제네스 뉴욕 본사와 CEO인 마크 램버트를 실제로 마주할 기회가 온 것이었다.

하이 퍼포머 위크는 그랜드 미팅이 끝나고 정확히 열흘 뒤에 열렸다. 그래서 다행스럽게도 유빈은 담당 지역의 인수인계를 해줄 시간이 생긴 것이었다.

당연히 유빈의 지역을 맡기 원하는 지원자는 많았다. 본부장과 지점장들의 격렬한 토론 끝에 5년 차 직원인 김성국이 행운을 거머쥐었다.

유빈이 일궈 놓은 황금밭을 망치지 않으려면 5년 차 정도는 되어야 한다는 것이 중론이었다.

무려 일 년 만에 237% 달성률로 베스트 MR을 배출한 지역이었다.

하지만 황금밭이라 확신했던 김성국의 표정은 인수인계를

받을수록 어두워졌다.

인수인계가 빡세서만은 아니었다.

9개월 동안 지역을 담당했다는 것이 믿기지 않을 정도로 의사 선생님과 유빈의 유대는 강력했다.

유빈을 보내고 싶어 하지 않는 의사의 눈빛을 김성국은 충격적으로 받아들였다.

"몸무게가 5킬로는 빠진 것 같다."

"힘드셨죠? 인수인계를 철저히 해드려야 선배님이 나중에 일할 때 편할 것 같아서 조금 무리했습니다."

"아니야, 아니야. 너도 마케팅에 올라갈 준비하느라 바쁠 텐데 신경 써 줘서 나야 고맙지. 그리고 네가 이렇게 안 해줬으면 초반에 정말 힘들었을 것 같다."

김성국은 진심이었다.

유빈이 베스트 MR을 받았을 때까지만 해도 그저 운이 좋은 녀석이라고 생각했다. 하지만 인수인계를 받은 지금은 생각이 달라졌다.

유빈이 담당 지역에서 얼마나 열심히 일했는지를 병원에 다닐 때마다 느낄 수 있었다.

"유빈이 너라면 마케팅에서도 잘할 거야. 나도 응원할게."

"잘 부탁합니다. 선배님."

유빈은 마치 자신의 아이를 맡기는 마음으로 고개를 숙였다.

인수인계를 간신히 마무리하고 주말에는 대전 유성에 있는 어머니 집을 다녀왔다.

아버지와 인아의 묘소를 성묘한 유빈은 어머니와 전에 봐두었던 집을 샀다.

그랜드 미팅 전에 월급과 함께 받은 인센티브가 생각보다 많아 딱 맞춰 집값을 치를 수 있었다.

마당이 넓은 집은 지금 어머니가 사는 마을과 거리가 멀지 않은 곳에 있었다. 민가와 충분히 떨어져 있어서 개들이 짖어도 민폐 걱정을 덜 수 있는 장소였다.

이사할 새집을 보며 어머니는 기뻐하기보다는 하염없이 눈물만 흘렸다.

그동안 말은 안 해도 마음 사람들한테 폐를 끼칠까 봐 노심초사하며 얼마나 마음고생이 심했을까 하는 생각에 유빈도 같이 울컥하는 기분이 되었다.

아들에게 고마워서일까. 어머니가 유빈의 손을 꼭 잡았다.

"어머니, 이사 도와드리지 못해 죄송해요."

"아니야. 이사는 내가 알아서 할게. 그나저나 그렇게 힘들게 일해서 모은 돈을 집 사는 데 써서 어떡하니."

"무슨 말씀이세요. 어머니가 행복해야 저도 행복해요. 그리고 돈은 잘 쓰라고 있는 거지 안 쓰고 모으고만 있으면 그저 종이일 뿐이에요."

"그래…… 고맙구나. 그나저나 제네스라는 회사가 우리 가족 하고 인연이 있나 보다. 인아도 아프지 않게 해주고 이렇게 집도 마련할 수 있게 해주고……."

"정말 그런가 봐요."

"아들, 항상 무리하지 말고 건강 잘 챙겨야 해."

"네, 어머니."

유빈은 어머니와의 대화를 곱씹으며 홀가분한 마음으로 비행기에 올랐다.

인천공항을 떠난 비행기의 스크린에는 뉴욕 JFK 공항까지의 거리와 비행 시간이 표시되어 있었다.

처음 가 보는 해외여행이라는 사실보다 유빈을 두근거리게 하는 장소가 그를 기다리고 있었다.

GENES NEW YORK WORLD HEADQUARTER

유빈이 들고 있는 스케줄표에 적혀 있는 행선지였다.

지금은 단지 인센티브 투어로 참석하지만 언젠가는 일하면서 하루를 보내게 될 장소였다.

유빈이 다시 한 번 마음을 다잡고 이제 막 이륙한 비행기의 창밖을 쳐다봤다. 그의 마음만큼이나 쾌청한 하늘이 끝없이 펼쳐져 있었다.

푸른빛에 마음이 편해진 유빈이 눈을 감고 호흡을 시작했다.

14시간의 비행 끝에 도착한 JFK 공항에서 출국 심사를 마치고 게이트를 빠져나왔다. 1월의 차가운 공기와 함께 한국과는 확연히 다른 냄새가 콧속을 파고들었다.

이게 바로 뉴욕의 공기인가.

새로운 느낌이면서도 어딘가 익숙하기도 했다.

현생과 전생이 겹쳐진 듯한 묘한 기분이 유빈의 몸을 훑고 지나갔다.

유빈이 그 기분을 만끽하고 있을 때, 누군가 유빈의 어깨를 두드렸다.

"유빈 씨, 저쪽이에요."

유빈과 함께 마케팅 대표로 하이 퍼포머 위크에 참석한 노재인 PM이 뚱뚱한 몸을 뒤뚱거리며 걸어갔다.

노재인은 전문의약품 사업부의 PM으로 올해 그가 맡은 골다공증 치료제 맥스비타가 전체 약품 중 가장 높은 성장률을 보였다.

노재인이 가리키는 쪽에 한 남자가 피켓을 들고 서 있었다.

WELCOME GENES KOREA Mr. Kim Yu Bin, Noh Je In
-Grand Hyatt New York

영어로 된 피켓을 들고 있는 인도계의 남자를 보니 유빈은 그제야 뉴욕에 온 것이 실감 났다.

화려하고 높은 빌딩이 즐비한 5번가에 감탄한 것도 잠시 유빈은 뉴욕에서 나흘을 지내면서 하이 퍼포머 위크에 실망하고 있었다.

일정은 웰컴 파티를 시작으로 본사와 연구센터를 겉핥기식으로 방문했고 나머지 스케줄은 뉴욕 관광으로 채워져 있었다.

며칠 동안 다양한 나라에서 온 사람들과 만나 이야기하고 친해졌다. 하지만 그뿐이었다. 유빈과 다르게 그들은 그저 포상을 즐기러 온 것뿐이었다.

단체 관광이 끝나고 단지 이틀간의 자유여행만 남아 있는 시점.

CEO인 마크 램버트는 코빼기도 볼 수 없었고 부사장급인 Executive Vice President 롤 다린도 웰컴 파티 이후로 본 적이 없었다.

실무진들과도 대화를 나눠 보고 싶었지만, 그들 또한 새로운 한 해를 준비하느라 바쁜 사람들이었다.

이대로 한국으로 돌아갔다가는 정말로 관광만 하고 돌아가는 꼴이었다.

이렇게 돌아갈 수는 없었다.

자유여행 일정에 다른 사람들은 어디를 갈까 들뜬 모습이었지만, 유빈은 웰컴 파티 때 받은 Genes Visitor 명찰을 목에 걸고 본사로 향했다.

커다란 문을 열고 들어가자 출입을 담당하는 경비원이 바로 유빈을 잡았다.

"어떻게 오셨습니까?"

"여성건강사업부 미즈 카나를 만나러 왔습니다."

목에 건 명찰을 들어 보였다.

이대로 돌아갈 수는 없기에 그제 저녁 첼시 사장에게 전화한 유빈은 여성건강사업부 글로벌 마케팅 매니저와 면담 약속을 잡을 수 있었다.

인센티브 투어를 간 유빈이 본사 직원과의 면담 요청을 하자 첼시 사장은 그의 열정을 알기에 두말하지 않고 연결해 주었다.

"미안해요. 저녁에 회의가 있어서 길게 이야기할 시간이 없네요. 앉으세요."

매니저인 에이미 카나는 첼시 사장보다 어려 보였다. 하지만 동양 사람의 외모로 볼 때 실제로는 비슷할지도 몰랐다. 그녀는 일본계 미국인이었다.

"잠깐이라도 괜찮습니다."

유빈이 자리에 앉으며 고개를 저었다.

"첼시한테 미스터 킴 이야기는 들었습니다. 이번에 여성건강 쪽 프로젝트를 맡게 되었다고요?"

"네, 한국에서 정체된 피임약 복용률을 높이는 프로젝트입니다."

글로벌 매니저인 카나는 당연히 한국의 사정을 잘 알고 있었다.

"오, 그래요? 남자가 하기에는 벅찰 것 같은데. 아, 오해는 마세요. 약품 특성상 그렇다는 말이에요. 다른 나라도 아니고 한국에서 남자가 피임약 관련 프로젝트를 맡았다는 사실이 의외라서요."

그녀는 이야기하면서 유빈은 유심히 살폈다.

처음에 첼시로부터 면담 요청을 받았을 때는 그저 황당했다.

지금 인센티브 투어를 간 한국의 직원이 자신과 이야기해 보고 싶다는 첼시의 이야기에 농담하지 말라고 했을 정도였다.

그녀는 한국의 현 여성건강사업부 마케팅 헤드를 비롯해 전임자들과도 여러 번 화상회의를 비롯한 소통을 해 왔다.

하지만 그 누구도 개인적으로 면담을 요청하지는 않았다. 그녀가 느끼기에 적극적인 다른 나라의 매니저들과는 달리 한국 사람들은 능력은 있지만 조용했다.

어쩌면 그게 본사에서 한국 사람을 찾아보기 힘든 이유일지도 몰랐다.

그런데 눈앞의 남자는 그녀가 알고 있는 한국 사람과는 달랐다. 물론 영어도 네이티브 수준이었지만, 적극성이 일단 남달랐다.

"10년 동안 정체되어 있다 보니 지금까지 해보지 않은 일을 시도하기 위해서 제가 선택된 것 같습니다."

자세히 설명할 시간도 없고 그럴 필요도 없었다.

유빈은 카나가 납득할 수 있는 대답을 했다.

"아, 무슨 말인지 이해되네요."

대화가 이어졌다. 바쁘다던 미즈 카나는 유빈과의 대화에 조금씩 몰입했다. 열정적인 기운이 그에게서 전해져 왔기 때문이었다.

"미즈 카나, 질문이 있습니다. 본사에서는 한국의 여성건강사업부 시장을 어떻게 보고 있습니까?"

그녀는 마치 본사 직원과 대화하는 것처럼 신중하게 질문에 답했다. 이상하게도 이 사람과 대화하고 있자니 마음이 편해져서 계속 이야기하고 싶은 마음이 들었다.

"음. 어려운 질문이네요. 저도 첼시와 여러 번 통화했지만, 해가 갈수록 본사에서는 지원을 줄이는 추세에요. 일단 매출이 중국과 일본에 비해서 낮고 그에 비해 영업과 마케팅 인력은 많은 편이죠. 지금까지는 가능성을 믿고 기다려 줬지만, 언제까지 그럴 수는 없죠."

유빈은 대답 없이 그녀의 말을 경청했다.

생각보다 한국 시장에 대해 부정적이었다.

최상렬 부사장도 분명 본사의 분위기를 알고 있을 것이라는 생각이 들었다.

본사의 부정적인 판단을 조금이나마 바꾸려면 유빈이 프로젝트에 성공하는 수밖에 없었다.

"한 가지만 더 질문하겠습니다. 본사에서 일하려면 어떻게 해야 할까요?"

유빈의 뜬금없는 질문에 그녀의 눈이 동그래졌다.

지금까지는 회사 업무에 관한 질문이었다면 지금 질문은 개인적으로 보였다.

"네? 본사에서 일하고 싶어요? 제 꼴을 보세요. 전 별로 추천하고 싶지는 않네요."

미즈 카나가 자신의 푸석푸석한 머릿결을 만지며 농담으로 유빈의 질문을 맞받아쳤지만 이내 진지하게 답해 줬다.

유빈의 눈빛은 진심으로 알고 싶어 했다.

"음, 가장 빠른 방법은 글로벌하게 런칭되는 신제품을 성공적으로 랜딩시키는 것이에요. 물론 그 제품의 PM을 먼저 맡아야겠죠. 그리고 미스터 킴의 경우라면 여전히 작은 매출이기는 하지만 프로젝트를 어느 수준으로 성공하느냐에 따라 가능성이 있을 수도 있어요."

유빈이 듣고 싶은 말이었다.

면담을 마치고 감사를 표한 유빈이 그녀의 사무실에서 나왔다.

유빈이 굳이 그녀와의 면담을 요청한 데는 두 가지 이유가 있었다.

하나는 그녀에게 김유빈이라는 사람을 각인시키려는 의도였다. 유빈이 정말로 프로젝트에 성공한다면 그녀는 오늘의 면담을 기억할 것이다.

그리고 유빈을 본사 매니저로 추천할 수도 있었다.

유빈의 두 번째 목적은 경비를 통과해 회사 안으로 들어오는 것이었다.

회사 안으로 들어가려면 반드시 본사 직원과 동행을 해야 했다.

그녀의 사무실에서 나온 유빈이 목에 건 명찰을 벗었다.

'CEO 집무실이 몇 층이었더라.'

벨 소리와 함께 27층에서 엘리베이터가 멈춰 섰다.

아침에 본 타로 리딩으로는 귀인을 만난다는 암시를 확인할 수 있었다. 그렇기에 유빈은 과감히 계획을 실천에 옮긴 것이었다.

유빈이 굳이 이렇게까지 하는 이유는 목표가 너무 멀고 막

연했기 때문이었다.

유빈의 목표는 단순했다.

대화까지는 바라지도 않았다. 아시아의 작은 나라에서 온 직원과 본사 CEO가 대화를 나눠 줄 이유가 없었다.

단지 실제로 마크 램버트라는 사람을 두 눈으로 확인하고 싶었다.

그의 오라는 어떤지, 또 눈빛은 어떤지 머릿속에 새겨 놓고 싶었다.

그러면 앞으로 일하면서 해결하기 불가능한 일이 생겨도, 포기하고 싶은 순간이 와도 이겨 낼 수 있는 원동력이 될 것 같았다.

엘리베이터 문이 열리자 마음을 다잡고 있던 유빈은 순간 당황할 수밖에 없었다.

27층은 엘리베이터에서 내리면 바로 비서와 마주치는 구조였다. 비서를 거치지 않으면 안으로 들어갈 수가 없었다. 비서는 자기 선에서 유빈을 돌려보낼 게 분명했다.

잠깐 호흡을 가다듬은 유빈이 주머니 속에 넣어 둔 명찰을 다시 목에 걸었다.

비서로 보이는 금발의 백인 여성이 낯선 동양인을 보고 입을 떼려다 명찰에 눈길을 먼저 보냈다.

"비지터?"

"안녕하세요. 여기가 마크 램버트 씨의 사무실입니까?"

27층이 CEO의 사무실이라는 것을 모르고 올라오는 사람은 없었다. 유빈의 황당한 질문에도 비서는 예의를 잃지 않고 대답했다.

과연 거대 기업 CEO의 비서다웠다.

"맞습니다. 그런데 어떻게 오신 겁니까?"

유빈은 고개를 끄덕이며 오라를 방 안에 퍼뜨렸다.

"전 한국에서 온 제네스 직원입니다. 하이 퍼포머 위크에 참석 중이죠. 한국에서 출발하기 전에 우리 회사 CEO인 마크 램버트 씨를 꼭 만나보고, 아니, 얼굴이라도 보고 싶었습니다. 그런데 기대한 것과 다르게 뉴욕에 도착한 지 며칠이 지나도 얼굴을 볼 수가 없어서 이렇게 찾아왔습니다."

유빈이 표정 하나 변하지 않고 뻔뻔하게 대답했다. 이렇게 된 이상 솔직하게 말하는 편이 최선이었다.

"아, 하이 퍼포머 위크요? 그게 이번 주네요. 성함이 어떻게 되시죠?"

"김유빈입니다."

컴퓨터로 뭔가를 확인해 본 비서가 고개를 끄덕였다.

그녀의 표정이 한결 풀렸다. 유빈의 신분을 확인한 모양이었다.

"미스터 킴. 램버트 씨는 해외 출장 중이어서 다음 주에나 본사에 들어오십니다. 작년에는 웰컴 파티 인사말을 직접 하셨는데 이번에는 아쉽게 되었네요."

말하는 투가 유빈을 무슨 마크 램버트의 팬 정도로 착각한 모양이었다.

"그렇군요."

이왕 비서에게 신분도 확인된 일, 되든 안 되든 한번 CEO와 면담을 요청해 보려 했던 유빈은 발길을 돌릴 수밖에 없었다.

"그런데 비지터 자격으로 오셨기 때문에 동행자 없이는 본사 안을 돌아다닐 수 없는 건 아시죠?"

예의 바른 응대와 달리 비서는 규칙에 철저했다.

"아, 그랬나요? 실례했습니다. 바로 돌아가겠습니다."

"잠깐 기다리세요. 경비가 올라오면 같이 내려가세요. 제가 상황을 알아서 설명할 테니 별일은 없을 거예요."

"알겠습니다. 고맙습니다."

벨 소리와 함께 유빈이 타고 올라왔던 엘리베이터 문이 열렸다. 비서가 전화한 지 30초도 안 되었는데 보안이 철저하긴 한 모양이었다.

"미스터 체어맨!"

그런데 엘리베이터에서 모습을 드러낸 사람을 보자 자리

에 앉아 있던 비서가 황급히 자리를 박차고 나갔다.

유빈의 뜬금없는 방문에도 당황하지 않던 비서가 남자를 보고 안절부절못했다.

'체어맨?'

유빈은 그녀가 부른 호칭에 주목하며 남자를 쳐다봤다.

올백으로 넘긴 하얀 머리카락과 역시 하얀 콧수염이 노년의 멋들어짐을 보여 주고 있었다.

한 손에 지팡이를 들고는 있었지만, 허리가 꼿꼿하고 수트가 그렇게나 잘 어울릴 수 없는 노인이었다.

반투명한 선글라스 렌즈 사이로 보이는 눈빛은 나이와 어울리지 않게 강렬했고 오라 역시 보통 사람보다 강렬한 빛을 발하고 있었다.

"엘렌, 잘 지냈나? 연락도 없이 와서 당황했겠군. 마크는 안에 있나?"

"미스터 체어맨, 램버트 씨는 지금 유럽 출장 중입니다. 뒤셀도르프에서 열리고 있는 회의에 참석 중입니다. 제가 매주 램버트 씨의 일정을 보내 드리고 있는데……."

"아, 그런가? 요즘은 들어도 기억이 잘 나지 않아. 오늘 회사에 온 일은 비서한테 이야기하지도 않았네. 갑자기 회사에 들르고 싶어서 와 봤는데 역시 바쁜 친구라 만나기가 쉽지 않군."

"미스터 체어맨께서 미리 연락 주셨으면 램버트 씨는 회의 참석을 취소하고라도 뉴욕으로 돌아오셨을 겁니다."

"허허, 그러면 안 되지. 노인네가 우리 CEO의 일을 방해하면 쓰나. 그나저나 점심을 같이 먹을 사람이 없어졌군. 어떤가? 이 할 일 없는 노인네와 점심 같이하겠나?"

"흡, 물론입니다. 잠시만 기다려주세요. 나갈 준비를 하겠습니다."

노인과의 식사는 돈으로는 책정할 수도 없는 가치를 가지고 있었다. 수많은 사람이 갈구하는 기회였다.

노인의 제안에 엘렌의 표정이 한없이 밝아졌다.

"아닐세. 아니야. 오랜만에 내 집무실에서 먹지. 클럽 샌드위치와 커피면 되네. 준비되면 위층으로 올라오게."

"아, 그러시겠어요? 알겠습니다."

"그런데 여기 이 친구는 누군가?"

엘리베이터로 향하던 노인이 그제야 유빈을 쳐다봤다.

엘렌이 뭐라고 대답하기 전에 유빈이 먼저 답했다. 노인과 비서와의 대화로 유추해 봤을 때 노인은 보통 인물이 아니었다.

마크 램버트 CEO를 마크라고 부를 수 있고 회사에서 미스터 체어맨이라 불리는 사람.

유빈의 머릿속에 떠오르는 사람이 있었다.

서어(Sir) 다니엘 듀레인.

제네스 회장이면서 회사 역사상 가장 오랜 시간 동안 CEO를 역임하며 회사의 전성기를 구가한 입지전적인 인물.

소아 희귀병 연구와 환아의 무료 치료로 미국 사람임에도 영국 엘리자베스 여왕으로부터 기사 작위를 받은 사람.

그는 주변의 만류에도 불구하고 제네스의 변화를 위해 마크 램버트를 영입하고 CEO 자리를 넘겨줬다. 지금은 의사회 의장의 자리만 유지하며 실무에서는 손을 뗀 상태라고 알고 있었다.

"미스터 듀레인. 만나 뵙게 돼서 영광입니다. 저는 제네스 코리아 직원 김유빈입니다."

유빈이 완벽한 매너로 인사를 건넸다.

"오, 한국에서 온 직원인가? 반갑네. 다니엘 듀레인이네. 그런데 나를 어떻게 알아봤나?"

"사실 처음에는 몰랐습니다. 두 분의 대화를 듣다 보니 자연스럽게 듀레인 씨라고 생각이 들었습니다. CEO보다 한층 높은 곳에 집무실이 있다면 그보다 높은 사람이 아니겠습니까? 제네스에서 그런 사람이라면 한 명뿐이죠."

듀레인의 눈이 순간 빛났다.

거침없이 대답하는 유빈이 마음에 든 모양이었다.

"허허, 재밌군. 재밌는 친구야. 어떤가? 자네도 우리의 작은 오찬에 참석하지 않겠는가? 식사는 사람이 많을수록 즐거운 법이지."

"그래도 되겠습니까?"

"물론이지."

유빈은 듀레인 회장의 뒤에 서 있는 엘렌의 벙한 표정을 봤지만 모른 척했다.

비록 마크 램버트를 만나지는 못했어도 듀레인 회장과의 점심이라면 평생에 한 번 있을까 말까 한 기회였다.

타로 리딩에서 말한 귀인은 듀레인 회장이 분명했다.

더할 나위 없이 세계적인 기업을 운영하던 그가 왜 마크 램버트에게 CEO 자리를 넘겼는지도 듣고 싶었다.

마침 경비가 올라왔지만, 듀레인 회장의 말 한마디에 없던 일이 되어 버렸다.

"음, 역시 이곳의 경치는 좋군."

빌딩 숲에 가로막혀 있는 풍경이 좋다고 말하는 듀레인 회장을 보며 유빈이 미소를 띠었다.

전에 첼시 사장의 사무실에서 그녀도 그와 같은 말을 했었다.

기뻐하던 것과는 달리 엘렌은 회장 앞에서 얼었는지 말없이 클럽샌드위치를 먹기만 했다.

그녀는 지금 눈앞에서 같이 샌드위치를 먹고 있는 남자가 누구인지를 떠올리니 조심스러워질 수밖에 없었다.

반면 유빈은 마치 옆집 할아버지와 대화하는 양 질문하며 대화를 주도했다.

"한국에는 와 보신 적이 있으신가요?"

"아쉽게도 가 본 적이 없네. 아름다운 나라라고 들었네. 게다가 엄청나게 빠른 성장을 했지. 놀라운 나라야."

"회장님께서 한번 오신다면 제가 제대로 가이드 해 드리겠습니다."

"오호, 정말인가? 잊지 않겠네."

듀레인 회장은 한국에 관해 물어보면서 꼭 가 봐야겠다는 말을 거듭했다.

유빈은 전생의 경험으로 미국에 대해서 잘 알고 있었다. 회장이 어떤 이야기를 하면 바로 맞장구를 쳐 줬다.

이야기가 잘 통하자 분위기가 한껏 부드러워졌다.

듀레인 회장은 틈틈이 유빈이 말하는 모습을 살폈다.

지금 대화하고 있는 상대가 동양에서 온 젊은이라고는 생각이 들지 않았다.

더 놀라운 것은 유빈이 이번 인센티브 투어로 해외에 처음 나왔다는 사실이었다.

"어머, 저는 미국에서 대학을 나온 분인 줄 알았어요."

엘렌도 긴장이 조금 풀렸는지 둘의 이야기에 웃으며 하지만 역시 조심스럽게 끼어들었다.

식사가 거의 마무리되자 유빈은 입가에 묻은 빵부스러기를 떼어 내며 궁금한 점을 물어봤다.

"그런데 회장님. 이런 질문을 해도 될지 모르겠지만, 왜 CEO에서 물러나셨는지 여쭤 봐도 될까요? 회장님이 계셨을 때 제네스는 여러 개의 블록버스터 신약도 개발에 성공하고 외형적으로도 크게 성장한 거로 알고 있습니다."

"아까부터 묻고 싶어 하는 표정이었는데 궁금한 게 그거였나?"

듀레인 회장이 마시던 커피잔을 내려놓았다.

사실 진짜로 묻고 싶은 건 왜 마크 램버트 같은 CEO를 임명해서 그의 커다란 공로인 희귀병 치료 프로젝트를 중단하게 만들었냐였다.

"단순하네. 회사에 변화가 필요했기 때문이지. 나는 최대한 내가 할 수 있는 만큼 회사를 이끌었네. 하지만 세상의 변화는 빠르고 이제는 그에 맞춰 변화를 추구할 수 있는 사람이 CEO를 맡는 게 옳다고 생각했지."

"그 사람이 마크 램버트 씨인가요?"

"자네는 별로 그를 좋아하지 않는 모양이군."

역시 듀레인 회장은 날카로웠다. 숨어 있는 유빈의 감정을 정확히 짚어 내고 있었다.

엘렌은 무슨 말이냐는 표정으로 둘을 번갈아 쳐다봤다.

"그분을 잘은 모르지만, 인력 조정으로 인한 비용 절감과 이익률이 떨어지는 사업을 다른 회사에 파는 것만으로 근본적인 변화는 힘들다고 생각합니다."

유빈의 말에 엘렌의 표정이 사색이 되었다.

CEO를 대놓고 비판하는 직원이라니.

"호오, 그럼 만약 자네가 CEO라면 제네스를 어떻게 운영할 생각인가?"

하지만 듀레인 회장은 유빈의 솔직함에 흥미로운 표정을 지었다.

유빈의 심장이 두근거렸다.

다른 사람도 아니고 제네스의 회장으로부터 받은 질문의 의미는 남달랐다.

"제 생각에는 거시적인 면에서 세상의 변화를 먼저 읽어야 한다고 생각합니다."

유빈은 막힘없이 답했다.

평소에도 CEO를 꿈꾸며 계속 생각해 오던 내용이었다.

"허허, 자네가 나를 계속 물어보게 하는군. 조금 더 자세히 이야기해 보게."

"다 아시는 이야기겠지만, 제 생각을 그냥 말씀드리겠습니다. 제가 말씀드린 거시적인 변화는 인구의 고령화와 세계 경제의 침체입니다."

"흐음."

듀레인 회장이 고개를 끄덕였다.

"인구의 고령화는 제약회사에는 매우 좋은 환경입니다. 나이가 들면 사람들은 병원에 갈 수밖에 없습니다."

"그렇지."

"하지만 신약 개발에는 엄청난 비용이 필요하고 그 돈은 고스란히 약값에 반영됩니다. 효과가 뛰어나기 때문에 몸이 아픈 사람은 비싸도 약을 먹어야 하고 이런 약은 대부분 국가에서 급여 처리됩니다. 환자 부담은 줄어들지만 대신 국가가 부담해야 하는 의료보험 비용은 산더미처럼 늘어나죠."

듀레인 회장도 유빈의 말에 집중하기 시작했다.

그 역시 알고는 있는 내용이었지만 유빈의 말에는 집중하게 만드는 힘이 있었다.

"그런데 세계 경제는 저성장으로 뒷걸음질 치고 있고 각 나라는 의료보험 비용 또한 줄여야 하는 처지에 놓이고 있습니다."

"그런데?"

"대답을 드리기 전에 제가 한 가지 질문을 드리겠습니다. 회장님께서는 작년 한 해 동안 전 세계 매출 상위 10대 품목을 다 아십니까?"

"헛, 이런. 자네가 나를 시험하는군. 어디 보자. 항암제인 휴믹, 라이덕스, 후스틴, 에단스틴. 그리고 류마티스 관절염 치료제인 레미크리드, 애브비. 인슐린제인 란도스가 있고. 우리 회사의 고지혈증 치료제인 에메리스, 항정신병약인 엘바, 마지막으로 천식 치료제인 콥스케어가 있군, 휴우, 오랜만에 진땀이 나는군. 내 기억이 맞나?"

듀레인 회장이 재미있다는 표정을 지었다. 근 십 년 넘도록 감히 그에게 이런 질문을 하는 사람은 없었다.

"정확하십니다. 그럼 제가 왜 질문을 드렸는지도 아시겠죠."

"우리 회사의 제품이 두 가지밖에 없군. 그것도 저분자 화학 약품이지."

"맞습니다. 에메리스와 콥스케어죠. 10년 동안 에메리스는 회사에 150조 원의 매출을 가져다주었습니다. 그리고 10위권 밖에는 자사 제품이 상당수 포함되어 있고요."

"자네가 말하는 뉘앙스를 보니 그럼에도 위기다. 이런 이야기 같군."

"네. 에메리스는 특허 만료가 돼서 내년부터는 제네릭에

점유율을 많이 빼앗길 겁니다. 10대 제품 중 7개가 바이오의약품이고 그중 다섯 개는 항체의약품입니다. 저는 제네스가 의약품 시장의 트랜드를 따라가지 못하고 있다고 생각합니다."

옆에서 듣고 있던 엘렌은 유빈의 막힘없는 지식과 달변에 감탄할 수밖에 없었다. 조금 전까지 눈에도 들어오지 않던 동양 남자가 멋있게 보이기까지 했다.

"이렇게까지 서두를 길게 이야기했다면 해결책이 있다는 거겠지?"

듀레인 회장이 기대하는 눈빛으로 유빈을 쳐다봤다.

듀레인 회장의 말에 유빈이 자세를 고쳐 앉았다.

지금부터가 중요했다.

듀레인 회장은 유빈의 말에 귀를 기울이고는 있었지만, 오라는 별다른 변화를 보이지 않았다.

그 말은 유빈이 하는 말을 회장도 대부분 알고 있다는 뜻이었다. 지금 그가 보이는 흥미는 유빈이 말하는 내용이 아니라 유빈이라는 사람에게 초점이 맞춰져 있었다.

유빈 역시 듀레인 회장에게 호감이 갔다.

회장이라는 위치에 있는 사람, 그것도 듀레인 회장 정도 되는 사람이 직원의 말을 이렇게 경청해 준다면 그에게 반하지 않을 사람은 없었다.

"회장님의 표정을 보니 이미 알고 계신 이야기를 장황하게 풀어 놓은 것 같아서 쑥스럽네요."

"허허, 그게 보였는가? 나름대로 속마음을 잘 숨긴다고 생각했는데 오늘 임자를 만났군. 하지만 자네의 이야기가 흥미 없다는 뜻은 아니네."

"그렇다면 다행입니다."

"단지, 자네가 짚은 현재 제네스의 상황에 대한 원인 분석이 CSPO(최고 전략 및 프로젝트 책임자, Chief Strategy and Portfolio Officer)와 전략 연구소에서 내린 결론과 거의 비슷하다는 점이 재미있군. 그들 전체의 연봉을 합치면 3천만 불은 될 것 같은데. 허허."

농담처럼 이야기했지만, 그의 말에는 뼈가 있었다.

마치 유빈이 그 정도의 인재라도 된다는 어투였다.

하지만 유빈은 회장의 말에 들뜨지 않고 잠시 생각을 정리한 후 대화를 이어갔다.

"같은 결론을 내렸다면 지금의 상황에 대한 대비도 되어 있겠군요."

"흐음."

뉴레인 회장이 엘렌과 유빈을 한 번씩 쳐다봤다.

"아직 언론에 공식적으로 알린 내용이 아니니 오늘 들은 이야기는 둘 다 함구해 주면 고맙겠네."

"당연한 이야기입니다."

"물론입니다."

엘렌과 유빈이 동시에 대답했다.

엘렌은 어느 순간부터 두 사람의 대화에 끼어들 생각도 못 했다.

"극비 사항은 아니네만, 킴유빈이라고 했지? 유빈 자네가 말한 것처럼 이미 연구소에서 항체의약품 개발에 착수했네."

"신약 개발 쪽으로 방향을 잡으셨군요."

"제네스는 회사에 어려운 시기가 닥칠 때마다 신약 개발로 정면 돌파를 했지. 이번에도 마찬가지일세."

듀레인 회장이 제네스에 대한 자부심을 드러냈다.

그리고 역사는 그들이 맞았다는 것을 증명하고 있었다.

"자네는 그다지 동의하지 않는 것 같군."

아무 말 하지 않고 가만히 있었는데도 듀레인 회장은 역시 유빈의 속마음을 읽어 냈다.

"……네. 최선의 전략은 아니라고 생각합니다."

"허허, 다시 처음으로 돌아왔군. 그렇게 말한다면 다른 해결책이 있다는 거겠지?"

유빈의 대답에 듀레인 회장의 기세가 순식간에 바뀌었다.

조금 전까지는 옆집 할아버지 같은 편안한 기운이 느껴졌다면, 지금은 거대 기업의 회장에 걸맞은 강력한 기운이 유빈을 압박했다.

"아직 언론에서 알지 못한다면 신약은 아직 임상 단계에도 들어서지 못했을 거로 예상됩니다."

유빈이 듀레인 회장의 기세를 그대로 받으며 가볍게 운을 띄웠다. 전혀 흔들림 없는 모습이었다.

"신약 개발에 걸리는 시간을 우려해서 하는 말인가?"

"그것도 맞지만, 더 중요한 사실은 신약 개발은 처음에 말씀드렸던 거시적 관점에서 맞지 않는다는 이야기를 드리고 싶습니다."

"……계속해 보게."

"항체 의약품은 현재 크게 암(cancer)과 류마티스성 관절염이나 크론병, IBD(Inflammatory Bowel Disease, 염증성 장질환), 강직성 척추염 등 면역 질환에 주로 사용하고 있습니다. 신약 개발이 성공한다고 하더라도 기존에 있던 약물과 경쟁을 피할 수 없죠."

유빈이 막힘없이 논조를 풀어냈다.

"음……."

"이미 류마티스성 관절염 쪽으로는 3개의 경쟁약이 존재하고 대장암, 유방암, 악성림프종 치료제 역시 시장에서 자리를 잡았습니다. 제네스가 항체 의약품을 개발한다 해도 효능 비교 임상, 교체 임상 등등 후발 주자로서 개발 기간만큼이나 긴 시간의 임상이 필요할 것입니다."

"그 정도는 고려하고 착수했겠지."

듀레인은 아직 만족스러운 표정이 되지 않았다.

"결론적으로 신약의 약가는 모든 임상과 시간에 따른 비용을 포함해 비싸질 수밖에 없습니다. 경쟁품보다 더 말이죠. 초반에 말씀드렸지만 세계 경제는 흔들리고 있습니다. 각국의 의료보험 책임자는 점점 더 재정적인 면을 고려하게 될 겁니다. 비슷한 적응증에 비슷한 효능이라면 가격이 중요해진다는 의미입니다."

"무슨 말인지 알겠군."

듀레인 회장이 무겁게 고개를 끄덕였다.

유빈은 제약업계 자체에 국한해서 주장하고 있지 않았다.

"미국은 사보험이라 조금이라도 가격 경쟁력 있는 약을 의사가 사용하도록 압박하겠죠."

미국은 다른 나라와 비교할 수 없을 정도로 의약품 시장이 컸다. 게다라 FDA에서 약품이 승인되면 그 파장은 전 세계 시장에 미쳤다.

"그래서 자네의 결론은 어떤 건가?"

침착하게 듣고 있던 듀레인 회장이 더는 참지 못하고 유빈의 결론을 종용했다.

"그건…… 바이오시밀러입니다."

잠시 뜸을 들인 유빈이 단어에 힘을 줬다.

"바이오시밀러라면 항체의약품의 제네릭 버전 말인가?"

역시 듀레인 회장도 알고 있었다.

"그 바이오시밀러가 맞습니다. 제가 만약 전략을 짠다면 바이오시밀러 개발에 집중할 것 같습니다."

유빈이 오랜 시간 고민 끝에 다다른 결론이었다.

경제 관점을 바탕으로 최신 논문을 뒤져 보고 현재 있는 항체의약품의 특허 만료 기간을 따져 봤을 때 가장 효율적인 전략은 바이오시밀러 개발이었다.

"바이오시밀러라……."

유빈이 내린 결론은 제네스 전략팀에서 고려하지 않은 방향이었다.

듀레인 회장이 잠시 생각에 잠겼다. 그는 뭔가를 말하려 하다가 입을 다물었다.

"일단 자네의 생각을 더 들어보고 싶군."

"회장님, 지금 제네스에서 M&A 하려는 기업이 있습니까?"

"크고 작은 M&A는 늘 진행 중이네."

대답하는 듀레인의 표정이 질문하는 이유에 관해 물어보고 있었다.

"M&A는 제네스가 신약 개발과 함께 지금의 위치에 있을 수 있게 만든 원동력입니다. 제네스의 M&A 리스트 안에 항체의약품 개발 회사를 일 순위로 놓는 것이 첫 번째 전략입니다. M&A가 성사된다면 그 회사의 기술과 개발 노하우를 고스란히 가져올 수 있죠."

"항체의약품 개발 회사라. 그런데 첫 번째라고 하면 두 번째도 있겠군."

"솔직히 말씀드리면 첫 번째 방법은 제네스에서 이미 진행할 거로 생각했습니다."

"허허, 최근에 수립된 전략이라면 나도 모를 수 있네. 마크에게 회사를 맡긴 이후로 올라오는 리포트를 잘 안 보니까 말일세."

유빈과 막힘없이 대화하던 듀레인 회장이 잠시 멈칫하더니 너털웃음을 터뜨렸다.

지금 자신의 모습이 마치 예전에 치열하게 회사를 이끌던 때로 돌아간 것 같았기 때문이었다. 어느새 그의 기운이 다시 부드러워졌다.

듀레인 회장은 유빈의 이야기를 혼자서 듣기에는 아깝다는 생각을 했다. 자신이 만약 현 CEO라면 충분히 고려해 볼 만한 이야기였다.

하지만 자신은 이미 실무에서 손을 뗀 상태였다.

마크 램버트를 영입하고 CEO로 임명한 순간 그의 일을 간섭하지 않을 것이라 다짐한 듀레인이었다.

하지만 그렇다고 제네스에 대한 애정이 식은 것은 아니었다. 지금 유빈의 이야기는 분명 큰 그림으로 봤을 때 고려할 만한 전략이었다.

“제가 생각한 두 번째 방법은…….”

“잠깐, 거기까지만 하지.”

듀레인 회장의 유빈의 말을 막았다.

갑자기 바뀐 그의 기운과 태도에 유빈은 어리둥절했다. 너무 건방졌던 걸까. 그렇게 생각하기에는 상대방의 오라가 부드러웠다.

유빈의 듀레인 회장의 다음 말을 기다렸다.

“이런 통찰력 있는 이야기는 샌드위치를 먹으면서 할 대화는 아닌 것 같네. 자네 언제 한국으로 돌아가는가?”

“내일모레 비행기입니다.”

“시간이 많지 않군. 알았네. 내일 저녁 시간을 비워 주겠나? 제대로 된 장소에서 제대로 이야기를 들어보고 싶네.”

엘렌이 놀란 표정을 감추지 못했다.

다음 약속을 잡았다는 것은 듀레인 회장이 눈앞의 젊은 동양인을 인정했다는 뜻이었다.

“물론입니다. 어차피 자유여행 스케줄이었으니까요.”

“좋군. 호텔에서 기다리고 있으면 내 비서가 연락할 걸세.”

“……알겠습니다.”

회장의 제안에 가슴이 터질 듯 두근거렸지만, 호심법으로 간신히 가라앉힌 유빈이 침착하게 대답했다.

능력만 있으면 나이와 지위 고하를 막론하고 인정해 주는 미국의 문화가 실감이 났다.

"자네의 영어는 마치 뉴욕에서 오래 산 사람처럼 느껴지는군. 그래서 그런지 내용을 떠나서 자네와 이야기를 하니 이상하게 기분이 좋군."

유빈은 악수를 청하는 듀레인 회장의 손을 잡았다.

두 사람은 동시에 미소를 지었다. 나이와 국적에 관계 없이 뭔가 통한다는 느낌을 서로 받고 있는 두 사람이었다.

엘리베이터를 탈 때 마크 램버트의 비서인 엘렌이 유빈을 향해 뜨거운 눈빛을 보냈지만, 유빈은 그저 사람 좋은 미소로 응대하며 닫힘 버튼을 눌렀다.

회장과의 저녁 식사 기회를 얻은 유빈은 기분 좋게 본사를 나설 수 있었다.

벽에 새겨진 회사의 로고가 아침에 봤던 것과는 조금 더 가깝게 다가왔다.

"뭐? 누구를 만났다고? 다니엘 듀레인? 그 듀레인 회장?"

하이 퍼포머 위크 동안 유빈과 같은 숙소를 쓰면서 친해진 노재인 과장이 연달아 물었다.

"네. 본사에서 듀레인 회장님을 만났습니다."

종일 뭐했냐는 노재인 과장의 질문에 지나가듯 답한 게 화근이었다.

"유빈 씨가 착각한 거 아니야? 듀레인 회장님은 더는 회사에 나오지 않는다고 그러던데."

제네스에 다니는 직원이라면 듀레인 회장을 모를 수가 없었다. 가족과 휴가를 보내는 모습이 외신에 나올 정도로 그는 유명인이었다.

자유 관광을 하면서 와이프와 딸에게 줄 선물을 산 그가 캐리어를 정리하며 믿을 수 없다는 말을 연신 내뱉었다.

"제가 뭐하러 과장님한테 없던 일을 말씀드리겠습니까?"

"하긴 유빈 씨가 말을 지어낼 리도 없고…… 제약업계의 전설을 보니까 어때? 카리스마가 장난 아니겠지?"

"글쎄요. 점심 같이 먹으면서 이야기해 보니까 오히려 인자한 옆집 할아버지 같던데요."

"뭐? 같이 점심을 먹었다고?"

노재인이 뚱뚱한 몸에 어울리지 않게 앉아 있던 침대에서 튀어 오르듯 일어났다. 유빈의 맞은편에 앉은 그가 호들갑을 떨었다.

"네."

표정 하나 변하지 않는 유빈의 단답에 노재인은 허탈한 얼굴이 되었다.

"허, 나도 관광하지 말고 유빈 씨나 따라갈걸. 사람들한테 두고두고 자랑할 수 있었는데."

노재인 과장의 반응을 보자 유빈은 차마 내일 저녁에도 만나기로 했다는 말은 하지 못했다.

"유빈 씨 오늘 횡재한 거야. 몇억을 번 거라고."

"몇억이요?"

"왜, 몇 년 전에 기부단체에서 업계의 대표적인 인물과 점심을 먹는 이벤트를 열었었잖아. 그때 제약업계의 대표로 선정된 사람이 듀레인 회장님이었는데 그와 점심을 먹기 위해 중국의 어떤 제약사 사장이 10억 원 정도를 써냈다고 하더라고."

"그런 일이 있었어요?"

유빈은 듀레인 회장이 얼마나 대단한 사람인지 새삼 알 수 있었다. 동시에 그런 사람을 대하면서 침착하게 대화한 자신이 신기했다.

다음 날 듀레인 회장의 말대로 그의 비서에게 전화가

왔다. 약속 장소는 어퍼 웨스트 사이드에 있는 고급 레스토랑이었다.

유빈은 듀레인 회장이 보내 준 차를 타고 가며 머릿속을 정리했다.

유빈이 제네스의 CEO가 되려는 목적은 단순했다.

현 CEO인 마크 램버트가 셧다운시킨 희귀병 질환 연구가 이어질 수 있도록 하기 위해서였다.

유빈은 오늘 듀레인 회장에게 자신의 전략적 제안이 받아들여지지 않는다 해도 희귀병 질환에 관한 부분은 꼭 짚고 넘어갈 생각이었다.

뉴욕의 화려한 밤 풍경을 보며 떠오르는 생각을 정리하다 보니 차는 금방 목적지에 도착했다.

"다니엘 듀레인으로 예약되어 있을 겁니다."

"아, 그러시군요. 이쪽으로."

다니엘 듀레인이라는 말에 종업원이 더는 환할 수 없는 미소를 지었다. 유빈은 벽에 걸린 미슐랭 쓰리스타 표시를 지나치며 종업원의 뒤를 따랐다.

셀트럴 파크가 보이는 커다란 창 앞 가장 좋은 자리에 듀레인 회장이 젊은 여성과 앉아 있었다.

"오, 유빈. 와 줘서 고맙네."

유빈의 이름을 부르는 듀레인 회장의 환대에 같이 있던 여성의 눈썹이 순간 꿈틀거렸다.

이미 앉아 있던 두 사람의 분위기가 서먹해 보였다.

"제가 먼저 왔어야 하는데 죄송합니다."

유빈은 티를 내지 않고 듀레인 회장에게 먼저 인사를 했다.

"무슨 소리. 내가 보내 준 차를 타고 왔는데 빨리 오고 싶어도 그러지 못했겠지. 앉게나."

"그런데 이쪽 레이디는 누구십니까?"

듀레인 회장 혼자 있을 거로 생각했던 유빈이 여성을 쳐다보며 말했다.

키는 작지만, 갈색 단발에 갈색 눈동자가 잘 어울리면서 나탈리 포트만이 연상되는 이지적인 미인이었다.

"허허. 기다리게 안 그래도 지금 소개할 참이네. 이쪽은 미래전략팀 팀장인 앤 해밀턴이네. 그리고 이쪽은 한국에서 온 킴유빈."

"반갑습니다."

"반가워요."

대놓고 드러내지는 않았지만 유빈은 그녀의 태도가 냉랭함을 알 수 있었다.

유빈은 두 사람을 살피면서 어딘가 오라의 기운이 비슷하다는 생각이 들었다.

생김새는 달라도 가족이 풍기는 기운은 비슷한 경우가 많았는데 이 둘이 그랬다. 하지만 그녀의 성은 해밀턴. 듀레인이 아니었다.

유빈은 아이스브레이킹도 할 겸 먼저 운을 띄었다.

"혹시 두 분이 친척인가요?"

별말도 아니었는데 듀레인 회장은 흥미로운 표정이 되었고 해밀턴 팀장의 눈은 동그래졌다.

"허허, 왜 그런 생각을 했나? 우리 둘이 닮았나?"

듀레인 회장이 너털웃음을 터트렸다.

유빈이 빙그레 웃으며 둘을 번갈아 쳐다봤다.

"아니라면 실례했습니다. 두 분의 눈빛이 닮아서 짐작해봤습니다."

오라를 봤다고는 말할 수 없었기 때문에 유빈은 눈빛으로 단어를 바꿔 말했다. 어쨌든 완전히 다른 말은 아니었다.

"아닐세. 앤은 네 손녀가 맞네. 정확히 말하면 외손녀지."

잠깐 유빈을 지긋이 쳐다본 듀레인 회장이 고개를 끄덕였다.

지금까지 외모만 보고 두 사람의 관계를 짐작한 사람은 없었다. 시원하게 인정하는 그의 기분이 어딘가 좋아 보였다.

"회장님!"

앤이 깜짝 놀라며 목소리를 높였다.

그녀가 듀레인 회장의 손녀라는 걸 아는 사람은 극소수뿐이었다.

"괜찮다. 그라면 걱정 안 해도 된다."

"하지만……."

앤은 묘한 기분이 되었다.

할아버지가 다른 사람 앞에서 손녀라고 인정한 적은 한 번도 없었다.

"내 능력에 대해 한 가지 자신 있는 걸 꼽으라면 바로 사람을 보는 눈일세. 유빈은 믿을 만한 사람이야. 사람의 성격을 꼭 오래 봐야 아는 건 아니지."

"좋게 봐주셨다니 감사합니다. 방금 말씀하신 이야기는 레스토랑을 나가면서 잊겠습니다."

유빈은 듀레인 회장이 사실을 밝힌 이유가 꼭 자신을 믿어서가 아니라 이제는 천천히 밝힐 생각이 있다는 걸 알아챘다.

"뭐, 그럴 필요까지야. 다만 다른 사람에게 말하지만 않으면 되네. 하지만 오늘 앤을 부른 것은 손녀로서가 아니네. 실무자로서 자네의 의견이 얼마나 타당한지 정확히 판단하기 위해서지."

앤 해밀턴은 할아버지의 갑작스러운 저녁 식사 초대에 들떠 있었다.

뉴욕 아닌 곳에서 가끔 식사한 적은 있었지만, 뉴욕에서는 처음이었다. 최소한 조금 전 할아버지와 미슐랭 쓰리스타 레스토랑인 장콕토에서 마주 보고 있을 때까지만 해도 그랬다.

안 그래도 할아버지에게 할 말이 있었다.

할아버지와 어머니인 쥴리 해밀턴은 20년 넘게 연락을 하지 않고 있었다.

어머니가 반대하는 결혼을 강행하자 할아버지가 연을 끊은 것이었다. 하지만 아버지는 돌아가신 지 몇 년이 흘렀고 할아버지도 예전처럼 바쁘지 않았다.

둘의 유일한 연결고리는 바로 자신이었다.

이제는 두 분을 만나게 하고 싶었다.

그런데 둘만 식사할 줄 알았던 장소에 웬 동양인이 합석한 것이었다.

그리고 이야기를 하다 보니 주인공은 자신이 아니라 동양인이었다. 할아버지는 자신을 손녀로서 식사 초대를 한 것이 아니라 미래전략팀 팀장으로서 부른 것이었다.

불청객의 등장에 안 그래도 불편했던 그녀의 태도가 더 냉랭해졌다.

"회장님 명령이시니까 한번 들어보죠. 하지만 논할 가치가 없다고 판단되면 알아서 자리를 비켜 주세요. 전 회장님과 따로 나눠야 할 말이 있습니다."

"앤!"

그녀의 냉랭한 태도에 듀레인 회장이 처음으로 부정적인 감정을 드러냈다. 가족이기 때문에 보일 수 있는 얼굴이었다.

유빈은 영업사원이었다.

누구보다 상대방의 감정에 예민하고 어떤 것을 원하는지 빠르게 캐치할 수 있는 능력이 배양되어 있었다.

유빈은 이야기를 주고받는 두 사람을 지켜보며 대략 어떤 상황인지 알 수 있었다.

우선은 해밀턴 팀장의 마음을 누그러뜨려야 했다.

"팀장님의 말씀대로 하겠습니다. 저는 괜찮습니다."

"그래도 내가 초대한 사람인데 무례하면 안 되지."

"……이분이 저를 설득시킬 만한 이야기를 한다면 그때 사과하겠습니다."

듀레인 회장의 언짢은 표정에 앤이 낮은 톤으로 답했다.

서빙이 시작되면서 셋의 대화가 잠시 소강상태에 빠졌다. 식전 빵과 에피타이저가 나오는 동안 침묵이 테이블 위를 감돌았다.

'여기서도 아이스브레이킹은 내 역할이군.'

영업 일을 하면서 단련된 유빈이 듀레인 회장에게 먼저 말을 걸었다.

"저와 한국에서 같이 온 직원이 회장님과의 식사가 몇억짜리라고 하더군요."

"아, 그 이야기 말인가? 그때 내가 10억 원의 값어치를 했는지 모르겠군. 중국 제약사 사장이 영어에 자신 있었는지 아니면 나와 단둘이 식사하고 싶어서 그랬는지 통역을 대동하지 않았네. 내 말에 열심히 고개는 끄덕였지만, 난 그가 내가 말해준 내용의 반도 이해 못 했을 거라고 확신하네. 허허."

"하하. 그랬군요."

즐거웠던 기억이었는지 듀레인 회장의 표정이 조금 편해졌다. 다음 차례는 앤 해밀턴이었다.

"팀장님에게는 제 농담이 통하지 않을 것 같으니 바로 본론으로 들어가겠습니다. 제 이야기가 맘에 들든 그렇지 않든 식사만 끝내면 두 분이 이야기 나눌 수 있도록 바로 일어나겠습니다."

안 좋은 상태의 상대에게 쓸데없는 농담을 했다가는 더 어색해질 뿐이었다.

앞에 있는 토마토 스프에서 시선을 떼지 않고 있던 그녀가 고개를 들어 유빈을 봤다.

처음 만나는 사람이 예의 없이 차갑게 대하는 데도 유빈은 유쾌하게 분위기를 이끌려 했다.

할아버지가 인정할 정도의 사람이라면 기분이 나쁠 게 당연한데도 그는 그녀가 원하는 대로 해주겠다고 말하고 있었다.

최소한 예의는 있고 눈치도 빠른 사람이라는 평가가 그녀의 머릿속에 자리 잡았다.

“좋아요. 한번 들어보죠.”

유빈은 듀레인 회장과 샌드위치를 먹으며 나눈 이야기를 그녀에게도 똑같이 전했다.

처음에는 무표정하게 듣고만 있던 앤도 이야기가 진행될수록 자기도 모르게 고개를 끄덕이는 횟수가 늘어났다.

미래전략팀 팀장인 그녀에게는 매우 귀중한 이야기였다.

유빈이 집중하고 있는 그녀의 오라를 살폈다.

일을 대하는 그녀의 태도는 역시 할아버지인 듀레인 회장을 닮아 있었다.

이야기하면서 유빈은 듀레인 회장이 프렌치 레스토랑을 약속 장소로 선택한 이유를 알았다.

디쉬가 나오는 사이 사이에 대화할 시간은 충분했다.

M&A에 관한 이야기가 진행되자 앤이 처음으로 질문을 던졌다.

“음, 그럼 미스터 킴이 M&A 대상 일 순위로 생각하는 기업은 어디죠?”

어느새 제대로 호칭을 부르는 그녀였다.

"거대 제약사가 아니면서 매출 10위 안에 든 항체의약품 애브비를 개발한 에이티제이입니다."

"……에이티제이라."

앤이 손을 입술에 가져다 댔다. 깊은 생각을 할 때 나오는 그녀의 버릇이었다.

"에이티제이는 애브비뿐만 아니라 임상 2상을 진행하고 있는 신약 파이프라인이 2건 더 있습니다. 모두 항체의약품이죠. 만약 에이티제이를 인수할 수 있다면 제네스의 약점이 당장 사라질 겁니다."

"흐음, 인수 가격은요?"

"애브비의 매출과 앞으로의 잠재력만 놓고 봐도 최소 1,000억 달러(120조 원)는 필요할 겁니다."

유빈이 망설임 없이 답했다.

유빈에게 제네스 CEO는 단지 꿈이 아니었다.

꿈이 아니므로 자신이 이미 CEO가 된 것처럼 생각하고 행동했다. 영업을 하면서도 틈틈이 세계 경제와 제약업계를 살피는 만반의 준비를 해 왔다.

유빈에게 제네스 글로벌 CEO는 도봉구, 강북구, 노원구, 의정부라는 지역을 맡은 영업사원의 연장선에 있었다.

전 세계와 서울의 강북 지역.

객관적인 수치로는 비교도 할 수 없었다.

하지만 담당 지역에서의 영업을 CEO처럼 했기 때문에 매출 규모와 관계없이 마음가짐은 다르지 않았다.

그런 유빈에게 이 정도 질문은 고민도 안 하고 바로 대답할 수 있는 종류였다.

120조라는 천문학적인 숫자에도 해밀턴 팀장의 표정에는 변화가 없었다.

역시 제네스 미래전략팀 팀장다웠다.

"하지만 문제는 에이티제이의 마음이겠군요. 임상 건이 한 가지만 더 성공해도 그들의 몸값이 최소 두 배는 뛸 텐데 지금 당장 협상할 필요가 없겠죠."

"네. 그래서 만약 딜을 한다면 최소 1,500억 달러 정도는 베팅해야 할 겁니다."

"그 정도 금액으로도 어려울 걸세."

잠자코 둘의 대화를 듣고 있던 듀레인 회장이 말을 꺼냈다. 따로 이유를 말하지는 않았지만, 뭔가 속사정을 알고 있는 것 같은 뉘앙스였다.

앤이 고개를 끄덕이고는 다시 질문했다.

"M&A가 실패한다고 가정하면 다음 계획은요?"

"당장에라도 바이오시밀러 자체 개발을 시작해야 합니다."

"제가 바이오시밀러에 대한 정리된 관점이 없어서 그런데 신약 대신 바이오시밀러를 주장하는 주된 근거는 뭔가요?"

면접 때처럼 질문이 쏟아졌지만, 유빈은 하나하나 정성을 다해 답을 했다.

"개발 공정이 제대로 이루어진다면 바이오시밀러의 약가는 오리지널보다 삼십에서 오십 퍼센트 정도 다운될 거로 예측됩니다. 신약 물질 발굴과 개발 부분을 건너뛰기 때문이죠."

"그렇게나 디스카운트 된다고요? 그 부분은 제가 연구소에 들어가서 확인해 봐야겠네요."

그녀의 머릿속에도 조금씩 그림이 그려지기 시작했다.

"제네릭과 달리 바이오시밀러는 진입장벽이 높습니다. 아무나 쉽게 만들 수 있는 게 아닙니다. 만약 첫 번째로 오리지널에 대한 바이오시밀러를 출시할 수 있다면 신약에 맞먹는 효과가 있을 겁니다."

"왜죠?"

"잘 생각해 보세요. 같은 효능을 지닌 약이 삼십 퍼센트 싸다고 하면 각국 정부에서 가만히 있지 않을 겁니다. 의료재정을 아끼기 위해 자기들이 알아서 교체 처방 가이드라인을 만들고 교체 임상을 진행하겠죠."

"아……."

거기까지는 미처 생각하지 못한 앤이 짧은 숨을 토해냈다.

"먼저 EMA(European Medicines Agency, 유럽의약품청)에서 승인을 받

고 적극적인 몇몇 나라에 전략적으로 바이오시밀러를 대폭 할인해서 공급한다면 정부 주도로 교체 임상이 빠르게 진행될 겁니다. 교체 임상 결과가 문제가 없으면 유럽의 빅 파이브 시장도 바이오시밀러로 점점 교체될 겁니다. FDA(Food and Drug Association, 미국 식품의약국)에는 임상 데이터가 충분히 쌓이면 승인 신청하면 될 겁니다."

"……."

'대단해.'

앤은 멍한 표정으로 동양인을 쳐다봤다.

전략의 타당성 여부를 떠나 막힘없이 쏟아지는 그의 달변에 감탄한 것이었다.

개인사 때문에 그의 존재가 불편하더라도 공적으로는 유빈을 인정할 수밖에 없었다.

할아버지가 왜 이 남자를 사적인 식사에 초대했는지 알 것 같았다. 아직 나이도 젊어 보이는 동양 남자에게서 빛이 나고 있었다.

"좋아요. 연구소에 들어가면 바로…… 미스터 킴의 전략을 의논해 볼게요."

그녀의 말에 옆에서 듣고 있던 듀레인 회장이 빙그레 미소를 지었다.

"네가 생각하기에는 어떠냐?"

"……합리적인 의견이에요. 하지만 다시 생각해 보니 제네스 경영진에서는 절대로 미스터 킴의 의견을 받아들이지 않을 것 같네요."

듀레인 회장이 뭐라 하려다가 입을 다물었다. 손녀의 말에 그도 동조하는 눈치였다.

조손의 태도에 유빈은 묻지 않을 수 없었다.

"왜 그렇습니까?"

"그건 미스터 킴의 전략이 제네스의 기업 문화에 배치되기 때문이에요."

"음, 그래, 쉽지 않겠군."

듀레인 회장이 한숨을 내쉬었다.

"알고 있겠지만, 제네스는 전통적으로 신약 개발을 해온 회사에요. 제네스에게 제네릭은 하이에나 같은 존재죠. 어렵게 개발한 약품을 그저 카피해 점유율을 빼앗아 가는 그런 하이에나요."

유빈은 그녀가 무슨 말을 하는지 알 수 있었다.

"어떻게 이야기해도 바이오시밀러는 오리지날의 카피에요. 제네스 경영진이 회사의 자부심을 꺾으면서까지 미스터 킴의 전략을 선택하지는 않을 거예요."

"지금의 경영진으로는 어렵다는 말이군요."

유빈이 나직하게 답했다.

"하지만 전략연구소에서는 미스터 킴의 의견이 타당하다는 결론이 나면 계속 진행해 볼게요. 혹시, 우리 연구소로 올 생각은 없나요?"

"네?"

뜬금없는 앤의 제안에 유빈이 눈빛으로 의미를 되물었다.

"잘됐군. 안 그래도 앤에게 자네를 추천할 생각이었는데."

듀레인 회장도 그녀의 제안을 지지했다.

"……감사합니다. 뜻밖이라 뭐라 말씀드려야 할지 모르겠군요."

심장이 살짝 떨렸다.

고대하고 고대하던 본사의 프로포즈였다.

"한국에서 왔다고 했죠? 지금 포지션은 어떻게 되나요? 마케팅 매니저? 로컬 전략 매니저?"

유빈이 당연히 받아들일 거로 생각한 앤이 가볍게 물었다. 유빈 정도의 능력과 그녀의 추천이라면 연구소 면접을 통과하는 것은 문제도 되지 않았다.

"MR입니다. 올해부터 마케팅팀으로 옮기기로 했지만 아직은 세일즈 팀 소속입니다. 제네스에 입사한 지는 9개월 아, 이제 10개월이군요. 아직 일 년이 안 되었습니다."

"……네?"

유빈의 담담한 대답에 앤은 전략을 들을 때도 겉으로는 표현하지 않았던 놀람의 감정을 가감 없이 드러냈다.

"잠깐만. 지금 내가 잘못 들은 건 아니겠지? 제네스에서 자네의 경력이 10개월밖에 안 된다는 이야기가 맞는 건가?"

앤이 뭐라고 할 말을 찾지 못하는 사이, 듀레인 회장 역시 황당하다는 표정으로 재차 물었다.

고민이 되었다.

자신의 경력이 본사로 스카우트되기에는 가장 큰 약점인 줄은 알았지만, 유빈은 솔직해지고 싶었다.

기회는 자주 오지 않는 법이지만 유빈에게는 기회를 만들어 낼 수 있는 능력이 있었다.

단순히 제네스 본사에서 일하기 위해서라면 지금 당장 전략 연구소에 지원하는 게 맞았다.

하지만 유빈의 목표는 제네스 CEO였다. 튼튼한 계단을 만들기 위해서는 제네스 코리아 마케팅에서 성취를 이뤄 놓고 움직이는 편이 오히려 빠른 길일 거라는 판단이 섰다.

"정확히 말씀드리면 한국의 중견 제약회사에서 3년 동안 영업을 했습니다. 그리고 작년에 제네스로 이직했습니다."

"그럼 세일즈 파트에서만 대략 4년의 경험을 가지고 있다는 거군."

"맞습니다."

"흐음……."

할아버지와 손녀, 아니, 회장과 팀장이 말없이 서로를 쳐다봤다. 둘 다 뒤통수를 세게 맞은 듯한 표정이었다.

"학위는요? MBA 수료는 했겠죠?"

제발 이번에는 뒤통수를 치지 말아 달라는 조심스러운 표정으로 앤이 물었다.

"……생명공학 학사가 최종 학력입니다. MBA는 수료하지 못했습니다."

유빈은 조금 전 스카우트 제의를 받았을 때, 심장이 떨린 것이 사실이었다. 하지만 동시에 앤이 언급한 문제 때문에 쉽지 않을 거라는 것도 이미 알고 있었다.

"하아…… 학위는 그렇다 치더라도 경력이 결정적인 문제네요."

앤은 한숨을 쉬면서 어떻게 그 정도 경력만으로 이토록 놀라운 통찰력을 가질 수 있는지 이해가 되지 않는다는 듯 말했다.

유빈이 말한 내용은 제약업계를 속속들이 알지 못하는 한 나올 수 없는 이야기들이었다.

"10개월 만에 마케팅팀으로 옮긴다고 했는가?"

그녀가 입을 다물자 듀레인 회장이 무슨 생각을 했는지 조금 밝아진 목소리로 다시 물었다.

"네, 맞습니다."

"그럼 올해부터는 프로덕트 매니저겠군. 어떤 제품을 맡았나?"

"아닙니다. 제가 맡은 보직은 프로젝트 매니저입니다."

"프로젝트 매니저?"

"한국 여성의 OC(Oral Contraceptive, 피임약) 복용율을 높이는 프로젝트를 맡았습니다."

듀레인 회장이 고개를 갸웃거렸다.

아시아 리전(지역)의 정책을 다 알지는 못하지만 이제 10개월 된 MR에게 프로젝트를 맡긴다는 건 비상식적인 일이었다.

유빈은 프로젝트의 내용에 대해 간결하게 설명했다.

"그러니까 10년 동안 3% 밑에서 꼼짝도 하지 않은 복용률을 두 배 수준으로 끌어올리는 프로젝트를 미스터 킴이 맡았다는 거네요. 간단하게 해결될 일이 아닌 것 같은데…… 미스터 킴이 한국에서 10개월 동안 도대체 어떤 일을 했길래……."

전략팀장인 자신이 분석하기에도 마케팅 신입이 맡을 만한 프로젝트가 아니었다. 만약 성공만 한다면 OC 시장의 크기 그리고 매출이 두 배가 된다는 의미였다.

"미스터 킴, 쉽지는 않겠지만 맡은 프로젝트를 성공시키세요. 아시아, 그중에서도 한국은 다른 리전과 비교해 시장이 작은 건 사실이에요."

유빈이 고개를 끄덕였다.

그녀의 말은 옳았다.

유빈이 살펴본 글로벌 보고서에는 작년 제네스의 전체 매출 중 아시아, 아프리카, 그리고 호주의 총 매출이 차지하는 비율은 다 합해서 17%밖에 되지 않았다.

미국과 캐나다가 50% 그리고 유럽 33%에 비하면 작은 매출이 맞았다.

그렇기 때문에 본사에서 일하는 사람의 대부분이 미국과 유럽 출신이라는 사실 또한 간과할 수 없었다.

"그렇지만 프로젝트의 난이도를 고려할 때 성공담을 제대로 포장한다면 본사 전략연구소 임원진을 설득할 수 있을 거예요. 그건 제가 책임질게요."

"알겠습니다. 신경 써 주셔서 감사합니다."

유빈이 힘차게 고개를 끄덕였다.

그녀가 말하지 않았더라도 프로젝트는 당연히 성공하게 할 것이었다. 단지, 성공해야 할 강한 이유가 한 가지 더 생겼을 뿐이었다.

"나도 내 손녀도 왜 이렇게까지 자네를 도우려 하는지 의아하겠지?"

"솔직히 그렇습니다."

듀레인 회장의 말에 유빈이 다시 한 번 고개를 끄덕였다.

안 그래도 아까부터 묻고 싶은 질문이었다.

“내가 자네에게 감탄한 부분은 물론 뛰어난 통찰력을 바탕으로 한 미래전략 때문이었네. 하지만 머리로만 감탄했다면 우리의 만남은 어제로 끝났을 걸세.”

유빈뿐만이 아니라 앤도 듀레인 회장의 말을 경청했다.

“어제 자네와의 대화는 정말 즐거웠네. 마치 오랜 친구와 대화하는 것처럼 편했어. 무엇보다 유빈 자네는 진심으로 내 말에 귀 기울이고 있다는 느낌을 대화하는 내내 받았네.”

“저도 마찬가지였습니다.”

“허허. 내 나이 정도 되면 상대방이 진짜로 내 말을 듣고 있는지 아니면 고개는 끄덕이면서 딴생각을 하는지 정도는 알 수 있다네. 자네는 전자였지.”

유빈은 나이 때문이 아니라는 걸 잘 알고 있었다.

듀레인 회장이기 때문에 알 수 있는 것이었다.

“머리만 감탄한 게 아니라 마음마저 감동했으니 다시 만나고 싶은 마음이 드는 건 인지상정 아닌가. 그래서 자네를 다시 초대한 걸세. 그리고 앤도 자네와 대화해 보면 나와 같은 느낌을 받을 거라고 확신했지.”

듀레인 회장이 앤을 부드러운 눈빛으로 쳐다봤다.

“회장님의 말씀을 부정할 수 없네요. 한 가지 추가하자면 저는 미스터 킴의 전략에서 제네스에 대한 깊은 애정을 느낄 수 있었어요. 그래서 더 믿음이 갔죠.”

듀레인 회장이 추켜세워 줬지만, 유빈은 영업사원이다. 그에게 다른 사람의 말을 경청하는 일은 일상이었다.

물론 유빈으로서는 지극히 당연한 일이었지만 다른 사람은 그렇지 않은 모양이었다.

바쁜 일상과 경쟁 속에서 내 이야기를 하기에도 바쁜데 다른 사람들의 이야기까지 진심으로 들어 주는 일은 어려운 일이 맞았다.

그래서 서양에서 정신과 치료가 일상화된 게 아닐까?

자신의 이야기를 열심히 들어 주는 정신과 의사를 만나기 위해 한 시간에 십만 원이 훌쩍 넘는 돈을 지불하는 사람들을 생각하면 듀레인 회장의 말이 이해가 되었다.

"회장님, 오늘 초대해 주셔서 감사합니다. 정말 잊지 못할 추억이 될 것 같습니다. 해밀턴 팀장님과 약속을 했으니 전 이만 일어나겠습니다."

디저트까지 마무리한 유빈이 정중한 태도로 초대에 대한 감사의 인사를 했다.

"흐음, 아쉽군."

짧지만 아쉬움이 듬뿍 담겨 있었다.

"한국에 꼭 놀러 오십시오. 기다리고 있겠습니다."

"물론이지. 자네야말로 프로젝트가 바쁘다고 모른 척하면 안 되네, 허허."

"알겠습니다. 저, 마지막으로 한 가지만 말씀드려도 될까요?"

유빈이 앤을 슬쩍 쳐다보자 그녀가 고개를 끄덕였다.

냉랭했던 표정은 이미 사라진 지 오래였다.

"회장님께서 마크 램버트 씨에게 CEO를 넘겨주시긴 했지만, 경영진에게 한마디만 해 주셨으면 좋겠습니다."

"음, 말해 보게."

"다른 건 몰라도 희귀병 치료제 연구는 계속 이어갔으면 합니다."

유빈은 자신이 왜 제네스에 들어오게 됐는지, 그리고 하늘나라에 간 동생을 위해서라도 연구가 계속되었으면 하는 바람을 간결하게 피력했다.

"그런 일이 있었군. 부신백질이영양증 연구라면 나도 잘 알고 있네. 완전한 치료제를 개발하지 못해서 늘 아쉬웠지."

"제네스에 입사하면서 동생의 묘소에 약속했습니다. 회장님이라면 CEO에게 잘 이야기해 줄 수 있을 것 같아서 말씀드렸습니다."

"아, 그래서 자네가 본사 27층에 있었던 거군. 마크에게 직접 말할 생각으로……."

듀레인 회장이 또 다른 눈빛으로 유빈을 쳐다봤다.

대화하면서 느꼈던 유빈의 제네스에 대한 애정이 이해가

갔다. 그리고 동생과 한 약속 때문에 본사 CEO를 찾아간 배짱과 용기도 대단해 보였다.

"알겠네. 말은 해 보겠네."

앤이 듀레인 회장의 말에 다시 한 번 놀랐다.

할아버지는 CEO 자리를 넘겨준 후, 절대 경영전략이나 실무에 관여하지 않았다.

마음으로는 희귀병 연구 중단을 늘 아쉬워했지만, 그조차도 마크 램버트의 계획에 방해될 수 있다며 참아 온 그였다.

"감사합니다, 회장님. 가족은 저에게 무엇보다 소중한 존재입니다. 잃고 나니 더 절실히 알겠더군요."

가족을 특히 강조한 유빈의 말에 회장과 손녀의 오라가 심하게 요동쳤다.

유빈을 할 말을 마치고 미련 없이 자리에서 일어났다.

그를 태우고 온 차의 기사가 차 문을 열었지만, 유빈은 웃으며 고개를 저었다.

뉴욕의 밤공기로 과하게 뜨거워진 심장을 식힐 필요가 있었다. 아니면 호심법으로도 쉽게 잠들지 못할 것 같은 밤이었다.

"유빈 씨, 나 어제 유빈 씨 말 듣고 본사에 찾아갔는데 비지터 명찰로는 안 들여보내 주던데?"

호텔 로비에서 공항으로 가는 셔틀버스를 기다리던 유빈 옆에 노재인 과장이 앉았다.

"뻥 친 거 아니야? 유빈 씨, 그런 사람으로 안 봤는데……."

노재인 과장의 미심쩍은 눈초리에 유빈이 살짝 웃으며 답했다.

"제가 꿈속에서 본 게 너무 실감 나서 진짜로 착각했나 봅니다. 그런데 제 말 듣고 본사에 가 본 과장님이 더 대단하시네요."

"역시 그렇지? 이 사람이 은근 실없네. 역시 사람을 제대로 알려면 여행을 같이 와 봐야 한다니까. 한국에서 이야기만 들었을 때는 엘리트에 차도남인 줄만 알았는데. 영 싱거운 사람일세."

노재인 과장이 투덜거리고 있는데 선글라스를 쓴 외국인 여성이 롱코트를 휘날리며 둘이 앉아 있는 쪽으로 다가왔다.

"늦지 않아서 다행이네요."

선글라스를 벗은 여성은 어제저녁에 만났던 앤 해밀턴이었다.

"해밀턴 팀장님. 여기는 어떻게……."

"미스터 킴이 한국으로 가기 전에 한 번 더 이야기하고 싶었어요. 그리고 어제저녁에는 예의 없게 굴어서 미안하다는 사과도 하고 싶었고요."

"아닙니다. 전 괜찮습니다."

무슨 상황인지 알 리 없는 노재인 과장이 두꺼운 눈두덩이 안에 있는 눈동자를 이리저리 굴렸다.

"잠깐 시간 괜찮죠?"

"네, 아직 시간 있습니다. 과장님. 잠시 이야기 좀 하고 오겠습니다."

"어, 어…… 다녀와."

벙한 노재인을 뒤로 하고 유빈과 앤 해밀턴이 자리를 옮겼다.

"어제 미스터 킴이 자리에서 일어나고 회장님, 아니, 할아버지와 긴 대화를 나눴어요. 평소라면 길게 이야기를 안 하시는 할아버지도 어제는 제 말을 잘 들어주셨고요."

"두 분 사이에 어떤 사정이 있는지는 모르겠지만 잘되었군요."

유빈이 웃으며 고개를 끄덕였다.

"미스터 킴 덕분이에요. 어제 미스터 킴의 동생과 가족 이야기를 듣고 저도 그렇지만 할아버지의 마음이 조금 열린 것 같아요."

앤 해밀턴은 어머니와 할아버지의 관계에 대해 유빈에게

짧게 이야기했다.

정말로 잘 들어줘서 그런 걸까.

이상하게 이 동양인과 이야기하면 마음이 무장 해제되는 기분이 들었다.

그의 눈을 바라보고 있으면 마음이 편해졌다.

"어머니는 2년 전에 암을 진단받으셨어요. 다행히 초기여서 항암 치료를 하면 되었지만, 전 심장이 덜컥 내려앉았죠."

"힘들었겠군요."

"네. 그래서 빨리 할아버지와 어머니를 다시 만나게 해주고 싶었어요. 하지만 할아버지도 바쁘고 저도 바쁜 탓에 계속 이야기를 못 했는데 어제는 '꼭 말해야지' 하고 다짐한 자리에 미스터 킴이 나타난 거예요."

"어쩐지 제가 나타났을 때부터 못마땅한 표정이 보였습니다. 하하."

"……미안해요. 그런데 결과적으로는 잘된 일이었어요. 제 이야기를 들은 할아버지가 어머니를 만나신다고 약속하셨어요."

해밀턴 팀장이 더는 환할 수 없는 웃음을 보였다.

어제의 감정이 되살아났는지 눈가에는 작은 물기가 맺혔다.

"정말 잘 되었네요. 그런데 제 생각에 듀레인 회장님은 아마 따님, 그러니까 팀장님의 어머님이 병에 걸렸다는 걸 이미 알고 있었을 겁니다."

"네?"

"회장님은 저한테 회사의 변화를 위해 제네스 CEO를 그만두셨다고 했지만, 아마 딸의 소식을 듣고 마음을 정했을 거예요. 하지만 20년의 세월은 그렇게 쉽게 메워지는 것이 아니죠. 딸을 만나고는 싶었지만 어떻게 시작해야 할지 몰랐을 겁니다."

"……."

할아버지가 CEO 자리에서 물러난 시기는 어머니가 암 진단을 받은 한 달 후였다.

그녀는 직감적으로 유빈의 말이 사실이라는 것을 알았다. 그렇게 사랑하던 회사를 어머니 때문에 포기한 것이었다. 해밀턴 팀장의 눈가에 맺혔던 작은 이슬이 볼을 타고 흘러내렸다.

"회사를 위해서 가족과의 시간을 희생했으니 미안했을 거고요."

"흐흑."

가족인 자신이 그런 것도 모르고 할아버지를 원망했다는 사실에 울음이 터져 나왔다.

미안함과 고마움이 섞인 눈물이었다.

유빈이 말없이 울고 있는 그녀의 어깨를 토닥여 줬다.

전성기 때의 듀레인 회장은 그야말로 지독한 일 중독자였다. 시간은 한정되어 있고 당연히 제네스를 사랑한 만큼 가족과 보내는 시간은 점점 줄어들었을 것이 뻔했다.

유빈은 회사 28층에서 회장과 샌드위치 점심을 먹으며 물은 첫 번째 질문에 대한 답변을 들으며 생각했다.

회장의 오라는 답변이 진실이 아님을 보여 주고 있었다.

어쩌면 듀레인 회장이 CEO 자리를 물려준 이유가 겉으로는 제네스의 변화를 위해서라고 했지만, 실은 자신이 변화하기 위한 첫걸음은 아닐까 하는 생각이 들었다.

나이가 들면서 가족의 소중함을 절실히 깨달았고 제네스와 일에 대한 사랑이 가족과의 행복에는 미치지 못한다는 사실을 깨달았을 것이다.

레스토랑에서 앤 해밀턴과 만나면서 추측에 대한 확신은 더 강해졌다.

유빈은 그들이 자신을 도와주려고 하는 마음을 그냥 받을 수는 없었다. 그래서 동생 이야기와 가족이라는 단어를 강조하며 이야기를 풀었다.

어제 처음 본 여자가 울고 있었지만, 다행히도 기쁨의 눈물이었다.

유빈은 듀레인 회장과 그의 가족이 행복해지기를 진심으로 바랐다. 동시에 한국에 있을 어머니와 주서윤이 머릿속에 떠올랐다.

유빈은 나중에 본사 CEO가 되더라도 가족과의 시간은 꼭 지킬 것이라는 다짐을 했다.

25장
새로운 시작

울음을 그친 해밀턴 팀장이 쑥스러운 표정으로 유빈을 마주했다.

어느 정도 진정되자 그녀가 천천히 입을 열었다.

"그 말을 해줘서 정말 고마워요. 할아버지와 어머니한테 당장 전화해야겠네요."

유빈이 미소로 대답을 대신했다.

"미스터 킴, 아니, 유빈. 이름 불러도 되죠?"

"물론입니다."

"저도 앤이라고 불러 주세요."

"앤."

"호호, 편하고 좋네요."

"저도 친구가 생긴 것 같아서 좋습니다."

앤이 지갑에서 명함을 꺼냈다.

"이 번호는 연구소의 직통 번호에요. 어제 말해준 의견과 관련해서 좋은 생각이 있으면 연락 주세요. 혹시 제가 안 받으면 거기 있는 이메일로 줘도 되고요."

"알겠습니다."

유빈도 마찬가지로 명함을 건넸다. 아직 마케팅 부서의 명함을 받지 않았기 때문에 영업팀 명함을 여전히 소지하고 있었다.

"……정말로 MR이군요."

"네, 최고의 직업이죠."

"네? 호호. 유빈답네요."

MR에 대해 자랑스럽게 이야기하는 유빈을 앤이 새삼스럽게 쳐다봤다. 긍정적인 에너지가 유빈으로부터 마구 뿜어져 나왔다.

"언제가 될지는 모르지만, 같이 일할 날이 기대됩니다."

그녀의 말에 유빈의 표정이 진지해졌다.

바이오시밀러 시장은 아직 이슈가 되지는 못했다. 하지만 곧 다른 제약사들도 잠재력을 눈치챌 것이 분명했다.

조금이라도 빨리 준비한 쪽이 유리한 것은 당연한 일이었다.

"팀장님, 바이오시밀러 개발 건이 안 받아들여진다면 일단 CMO(Contract Manufacturing Organization, 위약품위탁생산기관) 사업부터 건의해 보십시오."

"CMO요?"

"항체의약품의 수요는 앞으로 계속 늘어날 것입니다. 오리지널 약품 개발사의 공장 캐파로는 공급이 수월하지 않을 겁니다."

"개발사와 위탁생산계약을 맺으라는 건가요?"

앤이 내키지 않은 목소리로 되물었다.

아직 유빈의 의도가 이해되지 않았다. 제네스라는 거대 제약사가 CMO 사업을 해야 할 이유가 없었다.

"네. CMO사업 자체의 이익률이 높지는 않지만, 그 정도라도 경영진을 설득할 수 있을 정도는 될 겁니다."

"하지만 유빈은 수익률 때문에 제안한 게 아니군요."

유빈의 표정을 확인한 앤이 확신에 찬 목소리로 말했다.

"맞습니다. 두 가지 이유가 있습니다. 위탁생산을 하게 되면 항체의약품 생산 공정에 대한 노하우를 쌓을 수 있습니다. 그리고 두 번째 이유는 나중에 제네스에서 바이오시밀러 개발에 성공했을 때 공장을 바로 생산시설로 사용할 수가 있습니다."

"……와우!"

유빈의 설명을 다 듣자 그녀가 시원한 감탄사를 내뱉었다. 감탄사로 다 표현되지 못할 정도로 그녀는 속으로 감탄하고 있었다.

그녀가 유빈에게 가장 감탄한 점이 바로 이 명쾌함이었다.

하루라도 빨리 유빈이 팀에 합류했으면 하는 바람이었다. 그와 함께라면 다른 전략팀과의 경쟁에서 앞서 나갈 자신이 있었다.

"CMO 사업은 시작일 뿐입니다. 철저한 준비가 없으면 바이오시밀러 시장에서 성공할 수 없을 겁니다."

"유빈, 프로젝트에 꼭 성공하세요. 그리고 미국으로 오세요. 지금 내가 할 수 있는 말은 이것뿐이에요."

"아침에 트렁크 보니까 기념품 많이 샀던데 친구가 많은가 봐?"

이륙하고 한참이 지나서야 비행기 좌석 옆자리에 앉은 노재인 과장이 갑자기 말을 걸었다.

"챙길 사람들이 조금 많아서요. 전에 보니까 과장님도 많이 사셨던데요……."

"나야 뭐, 대부분이 와이프 하고 딸 선물이지. 친척들 것도 조금 있고. 우리 딸 사진 볼래?"

유빈이 대답하지도 않았는데 노 과장이 지갑에 고이 모셔 둔 사진을 꺼냈다. 와이프와 딸 사진이었다.

"아이고, 아기 귀엽네요. 우와. 형수님도 미인이세요."

자랑하고 싶을 만했다. 노재인 과장의 얼굴이 헤벌쭉 늘어났다. 딸바보의 전형이었다.

"그래? 후후. 딸이 와이프를 닮아서 정말 다행이야. 내가 그렇게 호감 가는 얼굴을 아니잖아."

"왜요? 푸근하고 편안한 얼굴인데요."

"그렇게 포장 안 해줘도 괜찮아."

"과장님, 세상의 모든 여자가 다 못생겼다고 해도 한 사람만 잘생겼다고 하면 성공한 겁니다. 과장님은 이미 성공하셨잖아요."

"그래?

"그럼요."

진실 된 유빈의 답변에 노 과장의 표정이 밝아졌다.

"유빈 씨도 내가 어떻게 영업에서 마케팅 PM이 됐는지 싶지?"

그런 생각은 해보지 않았지만 노 과장이 말하고 싶어 하는 것 같아 그냥 가만히 있었다.

"내가 사실 호감 가는 외모도 아니고 그렇다고 인간관계를 잘하는 것도 아니거든. 실제로 다른 동기들에 비해 초반 실적도 좋지 않았고."

"네."

"그래서 나만의 뭔가를 만들어야 했어. 그래서 생각해 낸 게 질병과 약품 관련 지식은 누구도 따라올 수 없는 전문가가 돼야지 하는 결심을 한 거야.

"그랬군요."

"그렇게 한 지역에서 4년을 일하다 보니까 언젠가부터 약품과 관련한 일이 생기면 원장들이 나만 찾더라고. 그 해에 베스트 MR 한 번 하고 마케팅으로 온 거야."

유빈이 고개를 끄덕였다.

유빈은 인간관계를 중요시한 영업을 했지만, 영업의 길은 한 가지가 아니었다.

"그런데 아까 그 여자 누구야? 상당히 미인이던데……."

지금까지 어떻게 참았는지 노 과장이 조심스럽게 물었다. 이 질문을 하기 위해 지금까지 판을 깔아 놓은 느낌이었다.

"혹시 뉴욕에서 우연히 만난 여자야? 서로 한눈에 반해서 사랑에 빠졌는데 유빈 씨가 돌아간다고 하니까 잡으러 공항에 온 거지? 맞지?"

영화를 너무 많이 봤나? 혼자서 시나리오를 쓰고 있었다.

"하하, 아닙니다. 과장님."

"뭐가 아니야? 내가 그 여자 우는 거 똑똑히 봤거든. 이야, 유빈 씨 능력도 좋아. 외국 여자도 꼬시고. 역시 동양이든 서양이든 남자는 잘생기고 봐야 하나 봐."

유빈이 공항에서 받은 앤의 명함을 슬쩍 내밀었다.

"본사 사람이에요."

"응? 제네스 전략연구소 미래전략 2팀장 앤 해밀턴? 유빈 씨가 이 사람을 어떻게 알고?"

앤은 전략연구소의 다섯 개 팀 중 한 곳의 팀장이었다. 한 팀은 대략 열 명으로 구성되는데 경쟁을 통해 한 팀의 의견이 본사 전략으로 결정되는 구조였다.

말하자면 제네스의 씽크탱크가 바로 그들이었다.

노재인은 명함의 주인공이 회사에서 어느 정도 위치인지 감도 오지 않았다. 그저 직함만 보면 중요한 사람은 맞는 것 같았다.

"꿈에서 만난 듀레인 회장님이 소개해 주셨습니다."

"……뭐라는 거야?"

유빈은 JFK 공항을 떠나 비행 고도에 오른 비행기의 창밖을 쳐다봤다.

구시렁거리며 명함을 요리조리 살펴보는 노재인 과장을 놔두고 유빈은 천천히 눈을 감았다.

앞으로 할 일이 머릿속에서 정리되었다.

7박 8일간의 뉴욕 일정 동안 얻은 것이 한둘이 아니었다.

하이 퍼포머 위크 자체는 실망스러웠고 마크 램버트 CEO는 얼굴을 보지도 못했다.

하지만 그보다 더 큰 행운이 유빈을 기다리고 있었다. 유빈은 적극적인 행동으로 한국에 있었더라면 상상도 할 수 없는 인맥을 얻었다.

그리고 한국에서 맡은 프로젝트에 꼭 성공해야 할 이유 역시 생겼다.

이제는 본격적으로 프로젝트에 착수해야 할 때였다.

아직 컴컴한 새벽길을 헤치고 유빈이 제네스 코리아 건물의 정문을 통과했다.

"하암, 일찍 출근하셨네요."

"네. 오늘이 첫 출근이라서요."

경비 아저씨가 졸린 눈을 비비며 보안 시스템을 해제했다.

너무 일찍 출근한 탓에 사무실 불도 다 꺼져 있었고 당연히 사람도 없었다.

유빈은 천천히 8층의 사무실을 한 바퀴 둘러봤다. 휴게실을 지나자 유빈이 일하게 될 WH(Woman's Healthcare, 여성건강사업부) 섹션이 나타났다.

두근거리는 마음으로 마케팅 부서로 간 유빈이 한 책상 앞에서 멈춰 섰다.

WH Project Manager. Kim Yubin 김유빈

유빈의 자리였다.

"휴우, 다시 시작점이구나."

기분 좋은 떨림을 가라앉히고 자리에 앉은 유빈이 컴퓨터를 켰다.

고작 열흘 동안 자리를 비웠을 뿐인데도 MR일 때와는 비교도 할 수 없이 많은 메일이 읽히기를 기다리고 있었다.

유빈이 빠른 속도로 글을 읽으며 쓸데없는 메일을 순식간에 정리했다.

메일 중에는 회의 참석 요청도 수두룩했다.

캘린더에 정리해 보니 어떤 날은 회의 참석만으로 6시간을 보내야 하는 날도 있었다.

유빈이 고개를 저었다. 이건 아니었다.

업무 효율성을 따져 볼 때 쓸데없는 회의에 참석하는 것만큼 시간을 잡아먹는 일도 없었다.

앞으로 프로젝트를 효율적으로 진행하려면 시간 관리는

필수였다. 유빈의 방식을 안 좋아하는 사람도 분명히 생길 것이었다. 하지만 모든 사람을 다 안고 갈 수는 없었다.

유빈이 듀레인 회장과 대화하면서 배운 게 하나 있었다. 경영자가 되면 어떤 선택을 했을 때 단호해야 한다는 것이었다.

"유빈, 자네의 커다란 장점 중 하나가 착한 마음씨이네. 하지만 모든 사람에게 착할 필요는 없다네. 어떤 사람은 그걸 이용하거나 그런 모습을 보이면 얕본다네. 무슨 말인지 알겠나?"

조금이라도 무른 모습을 보이면 상대방은 그 점을 물고 늘어질 거라는 이야기였다.

마크 램버트 CEO 역시 자신만의 방식으로 찔러도 피 한 방울 날 것 같지 않은 경영 방식을 보여 주고 있었다.

마음을 정한 유빈이 우선 CC로 되어 있는 회의와 필수참석자가 아닌 회의에는 모두 불참으로 답메일을 보냈다.

신입 마케팅 직원이 건방지다고 생각할 수 있지만, 처음부터 선을 그을 건 확실히 해야 했다.

밀린 메일에 하나씩 답변하면서 시간이 흐르자 직원들이 한두 명씩 사무실로 들어왔다.

유빈은 하던 일을 멈추고 지나가는 사람들과 일일이 인사를 주고받았다.

안면이 있는 사람도 아닌 사람도 있었지만, 인사만으로 그 사람의 대략적인 성격 유형을 알 수 있었다.

인사하며 조금이라도 어색해하는 사람은 내향형. 오버해서 유빈을 환영하는 사람은 외향형으로 일단 분류를 했다.

유빈이 사용하는 분류 방법은 MBTI 성격 유형에 따른 것이었다.

MBTI(Myers-Briggs Type Indicator)는 사람의 성향을 16가지로 분류하는 성격 지표다.

유빈은 영업할 때도 원장의 성격 유형을 고려해 일을 진행했다.

예를 들어 김이진 원장은 ISFP라는 성인군자형의 유형이었다. 모든 유형 중 가장 마음이 따뜻한 유형이고 하루하루를 즐기는 타입이었다.

그리고 메디파트너스의 최재승 대표는 ESTJ로 타고난 사업가였다. 추진력이 강하고 의사결정이 빨라 불도저처럼 업무를 처리하는 스타일이었다.

유빈이 마케팅 부서 혹은 외부에서 조력자로 삼을 사람은 세상의 소금형이라 불리는 ISTJ 유형이었다.

이들은 집중력이 강해 크게 드러나지 않아도 맡은 일을 꼼꼼하게 잘 처리하는 사람들이었다.

유빈은 인사를 하면서 사람들을 유심히 살폈다.

"오빠! 아, 아니지. 유빈 씨."

"선배님."

주서윤이 미소를 숨기지 못하고 유빈에게 다가왔다.

유빈 또한 환한 미소로 그녀를 맞았다. 오랜만에 봐서 그런 걸까, 안 그래도 예쁜 그녀가 더 예뻐 보였다.

"마케팅에 온 걸 환영해요. 뉴욕은 잘 다녀왔어요? 좋았어요? 아, 나도 뉴욕 가고 싶다."

그녀의 눈이 반짝거렸다. 뭔가를 바라는 눈치였다.

유빈이 웃으며 뭔가를 꺼내려 할 때 마침 냉랭한 표정의 유진영 차장이 찬바람을 휘날리며 둘을 지나갔다.

그녀가 몰고 온 바깥의 찬 공기가 얼굴을 스치자 주서윤에게 빼앗긴 정신이 다시 돌아왔다.

"김유빈 씨, 열 시에 마케팅 회의 참석하세요. 마케팅 부서와 상견례는 그때 하면 됩니다. 10시 전까지 메일 다 확인하세요. 그리고 서윤 씨는 에이전시하고는 다 연락되었죠?"

"네, 네. 차장님. 발표 시간 공지했습니다. 유빈 씨, 이따가 얘기해요."

말소리를 죽인 주서윤이 유 차장의 눈치를 살피며 자신의 자리로 이동했다.

유 차장이 들어오자 사무실 안 분위기가 순식간에 팽팽해졌다. 다들 말은 안 해도 유빈과 유 차장 사이의 공기 때문인 걸 알고 있었다.

"김유빈 씨, 잠깐만 이리 와 보세요."

컴퓨터를 켠 유 차장이 조금 전보다 더 가라앉은 목소리로 유빈을 불렀다.

"네."

"제가 보낸 이메일이 모두 읽은 거로 되어 있는데 내용은 다 확인한 겁니까?"

유빈이 유진영 차장의 오라를 슬쩍 살폈다.

그녀가 무슨 생각인지 바로 알 수 있었다.

사실 마케팅 부서 내 유빈의 위치는 모호했다. 마케팅 부서 소속은 맞지만 보고는 이연수 총괄부장에게 직접 하면 되었다.

유진영 차장에게 결재받을 일이 없으니 직속 상사라고 하기에도 뭐했다.

그래서 유진영 차장이 출근 첫날부터 군기도 잡고 관계를 확실히 하려고 일부러 세게 나가는 중이었다.

"네, 다 확인했습니다."

"다 확인했다고요? 전부 다요? 그럼 화요일에 있는 회의 내용은 뭐죠?"

"연간 마케팅 플랜 관련 에이전시 미팅입니다."

"……음, 그럼. 아시아 리전 메디컬 디렉터 메리 라이즈가 보낸 메일의 내용은요?"

마케팅 직원 사이에서 들리지 않을 정도의 작은 한숨이 튀어나왔다.

누가 봐도 꼬투리를 잡으려는 질문이었다.

자기도 안 읽는 아시아 리전에서 온 영어 메일 내용을 물어보다니, 유빈을 잡기 위해 그녀가 제대로 마음먹었다는 것을 알 수 있었다.

"자궁 내 피임장치 엔젤로의 새로운 버전인 데미로드 임상 결과에 대한 리포트입니다. 엔젤로보다 소형화되어서 시술 시 불편함이 감소했다는 결과가 주된 내용입니다."

"……."

유빈의 대답에 사무실 안에 침묵이 맴돌았다.

주서윤을 비롯한 마케팅 직원들의 시선이 유 차장의 입으로 향했다.

PM들은 유빈을 무슨 괴물을 보는 듯이 쳐다봤다.

설마 대답할 거라고는 전혀 생각도 못 한 바였다.

"크음…… 메일은 잘 확인했군요. 그런데 회의 참석을 임의로 결정하면 어떡합니까? 최소한 헤드인 저와 상의해야 하는 거 아닌가요?"

유빈의 막힘없는 대답에 그녀의 표정이 구겨졌지만 이내 다시 냉랭해졌다.

유 차장의 높아진 언성에도 유빈은 평온한 표정을 유지했다.

"차장님, 원래는 둘만 있을 때 말씀드리려 했지만, 먼저 말씀을 꺼내셨으니 저도 한 가지만 확실히 하겠습니다. 저는 마케팅과는 독립된 프로젝트를 맡은 것이고 회의 참석은 제 판단으로 결정하겠습니다."

"뭐, 뭐라고요?"

"제 결정이 마음에 안 드시면 이연수 총괄부장님한테 말씀하십시오. 저는 그렇게 알고 프로젝트를 맡은 것입니다."

유 차장은 기가 막히는지 더 말을 하지 못했다.

그녀가 여성건강사업부 마케팅 헤드가 된 이후로 부하 직원이 그녀의 말에 토를 단 적은 한 번도 없었다.

유빈이 고개를 숙였다.

"더 하실 말씀이 없으면 계속 업무 보겠습니다. 그리고 앞으로 잘 부탁드립니다."

유빈은 자신을 대하는 유진영 차장의 태도에 따라 그녀와의 관계를 결정할 생각이었다.

그런데 아침부터 군기를 잡으려 하는 그녀를 보니 마음을 결정했다. 부하 직원임을 인정하고 그녀가 하는 말을 따르기 시작하면 앞으로 진행할 프로젝트에 사사건건 간섭당할 게 분명했다.

여자들로만 이루어진 WH PM들과 AM들이 서로를 쳐다보며 보일 듯 말 듯한 미소를 지었다.

천 년 묵은 체증이 내려갔다는 표정이었다. 분명 유진영 차장의 능력은 있지만, 독선적인 스타일의 리더십에 다들 지쳐 있는 참이었다.

벌써 오늘의 대사건을 마음껏 이야기할 수 있는 점심시간이 기다려지는 순간이었다.

"오빠, 굳이 이럴 필요까지는 없지 않아요?"

주서윤은 엘리베이터 안에서 유빈이 들고 있는 커다란 종이백을 슬쩍 쳐다봤다.

뭐가 그렇게 들었는지 종이백이 찢어질까 걱정될 정도였다.

유빈이 협력 부서 직원들에게 인사하겠다고 주서윤에게 길 안내를 부탁한 참이었다.

"서윤아, 너는 마케팅에 처음 들어왔을 때 어떻게 했어?"

"음, 그냥 이메일로 잘 부탁한다고 인사하고 회의나 업무 때문에 만나게 되면 다시 인사했어요. PM님들도 그 정도면 충분하다고 했고요."

"병원에서 영업할 때도 그랬어? 원장님들한테는 새로 담당하게 되었다고 전화로 이야기하거나 메일을 보내지는 않았잖아."

"네? 영업할 때하고는 다르지 않을까요?"

주서윤은 그렇게 생각해 본 적이 아예 없었다. 영업팀에서 마케팅팀으로 넘어오면서 영업할 일은 더는 없다고 생각했다.

"그래? 난 차이가 없다고 생각하는데. 영업사원이 병원 원장을 대하듯이 다른 사람을 대하면 어떤 사람도 내 편으로 만들 수 있을 것 같은데."

"그래도 같은 회사 직원끼리 그럴 필요까지야……."

주서윤은 유빈의 설명에도 여전히 이해가 안 된다는 표정이었다.

영업할 때야 처방을 유도하기 위한 갑과 을의 관계가 맞지만, 내근 부서끼리는 평등한 관계였다.

부서 간 기세 싸움도 있어서 처음부터 낮추고 들어가면 얕보일 수 있다고 선배 PM들이 한결같이 이야기했다.

둘이 서로 다른 의견으로 이야기하는 사이, 가장 먼저 도착한 부서는 구매부였다.

작은 펜부터 USB까지 기믹(판촉물)이나 리플렛(소책자) 등을 만들 때는 구매부를 통해야 했다.

“저분이 WH를 맡은 강순영 대리님이에요.”

주서윤이 가리킨 사람을 향해 유빈이 밝은 미소로 다가가 인사했다.

강순영 대리의 ‘누구시죠’라는 표정에 유빈이 자기소개하면서 순식간에 오라를 전개함과 동시에 그녀의 책상 위를 스눕핑했다.

“이번에 새로 여성건강사업부 마케팅팀의 프로젝트 매니저를 맡은 김유빈입니다. 앞으로 자주 연락할 것 같아서 인사하러 왔습니다.”

“어머, 김유빈 씨. 이야기는 들었어요.”

마케팅 직원이 인사 온 경우가 처음이었는지 강순영 대리가 허겁지겁 자리에서 일어났다.

파격 인사의 주인공인 유빈은 제네스 코리아에서 나름 유명인이었다.

“대리님, 제가 이번 하이 퍼포머 위크에 참석하기 위해 뉴욕에 다녀왔는데 작은 기념품 하나 사 왔습니다.”

“어머머, 저한테까지 안 주셔도 되는데…….”

강순영 대리가 손사래를 쳤지만 뭘까 궁금해하는 눈빛으

로 종이백을 쳐다봤다.

"받으셔도 괜찮습니다. 변변한 건 아닙니다. 이건 대리님 쓰시라고 사 온 버츠디 립밤이고, 책상 위에 사진 보니까 아드님인가 봐요? 몇 살이죠? 아주 귀엽네요."

"네, 이제 6살이에요. 호호."

아이 이야기가 나오자 강 대리의 표정이 밝아졌다.

"아, 그럼 아드님한테는 이게 좋겠네요."

유빈이 록펠러 센터에서 산 스노우볼을 종이백에서 꺼냈다. 뒤집으면 눈이 떨어져서 아이들이 좋아할 만한 물건이었다.

"와아, 우리 승혁이가 좋아하겠어요. 그런데 이렇게 받기만 해서 어떡하나. 커피라도 한 잔 드실래요?"

"커피는 다음에 마시러 오겠습니다. 인사 다닐 데가 많아서요."

"꼭 그렇게 해요. 그리고 어려운 일 있으면 주저 말고 연락해 주세요."

"알겠습니다. 대리님."

옆에 서 있던 주서윤은 두 사람의 대화를 멀뚱히 지켜봤다.

구매부 강순영 대리는 깔끔하게 일을 처리하는 반면 융통성이 없어서 상황이 시시각각 변하는 마케팅으로서는 아쉬울 때가 한두 번이 아니었다.

사정을 이야기하고 부탁해도 어림없었다.

이제는 그러려니 하고 받아들였지만, 그녀가 사정을 봐준다면 훨씬 수월하게 일할 수가 있었다.

주서윤은 회사 내근 부서에서 일 년 넘게 일했지만, 강 대리의 저런 밝은 표정은 처음 보는 종류였다.

유빈은 단 5분의 대화로 주서윤이 일 년 동안 강 대리에 대해 안 것보다 더 많은 정보를 알게 되었다.

다른 사업부서를 담당하는 구매부 직원들이 부러운 눈초리로 강순영 대리와 유빈을 쳐다보고 있었다.

유빈은 사람 좋은 미소와 함께 그들에게 가볍게 목례하고 가장 상석에 있는 사람에게 다가갔다.

구매부 정철기 이사.

구매부 대빵에게 인사한 유빈이 역시 유쾌한 대화를 나눴다. 누가 보면 이미 알고 지낸 사이같이 자연스러웠다. 주서윤이 역시나 혀를 내둘렀다.

이사라면 주임이나 대리급에게는 상당히 어려운 직급이었다. 그런데도 유빈은 거리낌 없이 인사하고 호감을 사고 있었다.

유빈은 정철기 이사의 책상에 다양한 종류의 책이 꽂혀 있는 것을 보고 모마(MoMA)에서 산 아르누보 문양의 책갈피를 선물했다.

당연히 좋아한 정 이사가 유비의 어깨를 두드려 줬다.

“일 열심히 하고 시간 나면 자주 놀러 오세요. 하하.”

“알겠습니다. 이사님.”

주서윤은 유빈의 붙임성에 기가 막힐 정도였다.

의학부, 품질관리부, 인사부, 도매부 그리고 앙숙인 홍보부까지 유빈은 사람에 따라 좋아할 만한 기념품을 건네며 인사를 했다.

도매부 전광용 상무 역시 어색한 표정으로 유빈과 인사했다. 유빈은 전혀 티를 내지 않고 다른 사람하고 똑같이 그를 대했다.

기념품도 다양했다.

뉴욕 티셔츠, 야구모자, 핸드크림, 뉴욕의 미니택시 모형 등 유빈이 고심하며 기념품을 골랐다는 것을 알 수 있었다.

속마음은 어떨지 몰라도 그가 인사 다니는 부서마다 웃음꽃이 피었다. 벌써 식사 약속을 잡은 사람도 있었다.

부서 투어를 마치자 주서윤이 자기도 모르게 한숨을 내뱉었다.

“하아, 오빠는 진짜 대단한 사람이에요.”

주서윤은 자신을 포함한 마케팅 직원들이 다른 부서와 협업이 안 된다고 불평만 했을 뿐, 해결하기 위해 아무것도 안

했음을 깨달았다.

자존심? 기세 싸움?

유빈에게는 중요하지 않아 보였다.

그렇다고 유빈이 자신을 낮추는 것처럼 보이지도 않았다.

"그래? 제네스 코리아가 내 회사라고 생각하면 대단할 것도 없어. 부서끼리 사이가 안 좋다고 하는데 사장으로서 가만히 있을 수는 없잖아. 난 이 정도는 기본이라고 생각하는데."

"뭐에요. 그럼 난 기본도 안 된 사람이잖아요. 씨이."

"자, 선물."

뾰로통한 표정의 주서윤에게 유빈이 종이백 밑에서 포장된 박스를 건넸다. 지금까지 사람들한테 준 기념품이 종류별로 한 개씩 들어 있었다.

"우와. 고마워요. 오빠."

"그리고 이건 지나가다 샀는데 어울릴지 모르겠네."

유빈이 작은 상자를 건넸다.

주서윤이 열어 보니 목걸이가 들어 있었다.

"지나가는데 예뻐 보여서…… 세일하더라고……."

"……고마워요. 오빠."

"큼, 이제 일하자. 일."

"헤헤, 같이 가요. 오빠."

유빈이 엘리베이터를 기다리지 않고 성큼 계단에 올라가

자 주서윤이 그 뒤를 따랐다.

“하아, 잘돼야 할 텐데…….”

“과장님이 계속 한숨 쉬시니까 제가 더 긴장되잖아요. 너무 걱정하지 마세요. 이번에는 잘될 거예요.”

삼성동 제네스 코리아 본사 앞에서 정장을 빼입은 두 남녀가 서성거리고 있었다.

“사장님이 이번에는 무슨 일이 있어도 프로젝트를 따 오라고 하셨는데…… 제네스 같은 대, 대기업에서 과연 이름도 알려지지 않은 우리 회사를 선호할까?”

“미리 걱정하지 말고 일단 발표 생각만 해요, 과장님. 제발요. 네?”

“하필이면 첫 번째 발표여서…….”

걱정이 끊이지 않자 여자가 남자의 팔을 잡아끌었다.

에이전시 ‘말과 그림’의 박정균 과장은 힘없이 부하 직원인 송승연 대리에게 끌려 제네스 코리아 건물 안으로 들어갔다.

유빈을 포함한 마케팅 직원들은 일 년간 여성건강사업부의 마케팅을 도와줄 에이전시의 발표를 위해 기다리고 있었다.

발표하는 내용을 듣고 파트너를 최종적으로 결정해야 하는 중요한 자리였다. 또한, 에이전시를 선택하는 것을 시작으로 본격적이 마케팅이 시작되었다.

올해 피레논, 엔젤로, 젤레크의 마케팅 예산은 각 10억씩 총 30억 원이었다. 그리고 프로젝트를 위해 유빈에게 할당된 예산 역시 10억 원이었다.

지금 이 자리는 세 가지 제품을 위한 발표 자리지만 유빈도 참고하기 위해 참석한 것이었다.

30억 원 중 6억 원의 예산이 편성된 마케팅 플랜에 대한 에이전시의 계획을 발표로 듣는 자리였다.

"첫 번째 발표가, 어디 보자. 음, 말과 그림? 여기가 어디야?"

"글쎄요. 저도 처음 들어보는 에이전시인데요?"

발표 순서를 확인한 유진영 차장의 질문에 엔젤로 홍경은 과장도 고개를 갸웃거렸다. 다른 사람도 마찬가지였다.

"처음 입찰한 에이전시인가 봐요."

MNK 커뮤니케이션즈, 오갤비앤마더 등등 말과 그림을 제외하고는 대부분 헬스케어 쪽 마케팅을 다년간 진행해 온 쟁쟁한 에이전시였다.

사람들의 기대가 낮아지는 게 확연히 보였다.

첫 번째 발표가 시작되었다.

"안녕하세요. 말과 그림 바, 박정균 과장입니다. 그리고 이쪽은 저희 팀원인 송승연 대리입니다."

이름 없는 에이전시다 보니 발표라도 잘해야 할 텐데 긴장한 모습이 역력했다.

발표자인 박정균 과장은 떨려서 그런 건지 습관인 건지 가끔 말을 더듬었다.

세 개의 제품 모두 의사의 처방이 필요한 제품이기 때문에 환자 또는 소비자를 대상으로 한 직접적인 마케팅은 할 수 없었다.

의료인을 대상으로 한 트레이닝 북과 POP(Point Of Purchase, 피오피) 제작을 시작으로 아카데믹 심포지엄의 개최 그리고 질병을 알리는 캠페인으로 발표가 이어졌다.

유빈이 회의실을 안을 둘러보자 사람들이 고개를 끄덕이고는 있지만, 그들의 오라는 발표에 별로 관심이 없는 상태임을 보여 주고 있었다.

네임밸류도 없는 에이전시인 데다가 일단 발표자가 자신 없는 태도로 발표를 하자 내용과 관계없이 안 좋은 점수를 받은 것이었다.

박정균 과장과 같이 온 직원도 답답한 모양인지 불안한 눈동자를 숨기지 못했다. 제네스 마케팅 직원들의 표정을 슬쩍 살핀 그녀가 고개를 푹 떨궜다.

하지만 유빈은 외적인 것과 상관없이 말과 그림에서 발표하는 내용과 발표자인 박 과장에 집중했다.

말을 더듬는 것과 능력은 전혀 상관없는 것이었다.

역시나 발표가 끝났지만, 질문은 전혀 없었다.

"수고하셨습니다. 결과는 개별적으로 연락하겠습니다."

유진영 차장이 빨리 다음 에이전시의 발표를 듣기 위해 마무리하려 했다.

"잠깐만요. 질문 있습니다."

유빈이 손을 들었다.

유진영 차장이 못마땅한 눈초리로 쳐다봤지만, 유빈은 개의치 않고 박정균 과장과 눈을 마주쳤다.

"아, 네. 말씀하십시오."

"지금 발표한 내용의 실행 가능성을 몇 퍼센트 정도로 생각하십니까?"

"음, 제네스 마, 마케팅팀과 이야기를 맞춰 나가야 하고 외부 업체와는 아직 실제로 컨택해 본 게 아니라서 제 생각에는 음…… 한 70퍼센트 저, 정도로 생각합니다."

"그렇군요. 알겠습니다."

고작 그런 질문을 하려고 시간을 낭비했냐는 따가운 눈총에도 유빈은 박 과장의 대답에 만족한 표정이었다.

박정균 과장이 그런 가운데 마케팅 직원들에게 일일이 명함을 건넸다.

유빈은 뭔가 묘한 기분이 들었다.

MR일 때는 항상 을의 입장이었다면 지금은 에이전시를 선택하는 갑의 입장이 된 것이었다.

마음을 가다듬었다.

사람은 상황에 익숙해지는 법.

갑을 당연히 여기지 않기 위해 마음을 항상 살펴야 했다.

"고생하셨습니다."

명함을 받은 유빈이 말을 건넸다.

"감사합니다."

힘없이 인사하고 나간 말과 그림 뒤로 일곱 개의 회사가 연속으로 발표했다. 모두 6억 원의 프로젝트를 따기 위해 최선을 다해 발표했다.

확실히 첫 번째 발표와는 달리 발표 자체도 깔끔했고 발표자 역시 자신감이 있었다.

마찬가지로 질문도 꼬리를 이었다.

유빈은 에이전시에게 단 한 가지 질문만 했다.

말과 그림에게 한 질문과 같은 내용이었다.

"과거의 경험으로 봐서나 제 팀의 추진력으로 봤을 때 오늘 발표한 내용의 90%는 제대로 진행될 것 같습니다."

말과 그림을 제외한 에이전시의 답변은 대동소이했다. 화려한 언변은 물론이고 자신감에 넘치는 답변이었다.

"휴, 올해는 내용 면에서 별 차이가 없는 것 같은데. 어디가 좋은지 의견 이야기해 봐요."

모든 발표가 끝나자 유 차장이 직원들을 한 명씩 둘러봤다.

"작년에 함께 했던 오갤비로 계속 가는 건 어떨까요? 연속성도 있고 그쪽 스텝하고 우리하고 잘 맞잖아요."

"저는 MNK가 좋았던 같아요. PMS(월경전증후군, Premenstrual Syndrome)로 질병 캠페인을 진행하면 피레논 처방에 도움이 될 것 같아요."

역시 대형 에이전시 쪽으로 의견이 몰렸다.

"김유빈 씨는 의견 있나요?"

회의에 불러 놓고 한마디도 안 물어볼 수는 없었는지 유진영 차장이 마지못해 유빈에게 시선을 돌렸다.

"발표 내용이 거의 비슷해서 어디가 낫다고는 말하기가 힘든 것 같습니다. 하지만 조금 전에 말씀하신 PMS 질병 캠페인은 처음에 발표했던 말과 그림의 아이디어가 MNK보다는 더 좋았던 것 같습니다."

"그래요? 뭐, 소수 의견도 있는 거니까요. 제가 보기에 이번에는 MNK 커뮤니케이션즈 발표 내용이 좋았던 것 같습니다. 그쪽으로 정하죠."

물어는 봤지만, 유빈의 의견은 바로 무시하고 유진영 차장이 결정을 내렸다. 나머지 직원들도 이견이 없는지 유진영 차장의 결정에 토를 달지 않았다.

"알겠습니다."

"서윤 씨는 MNK에 전화해서 결과 알려 주고 미팅 날짜 잡으세요."

"네, 차장님."

마케팅 직원들이 유빈을 두고 우르르 회의실에서 나갔다.

"아, 과장님. 정말!"

제네스에서 나온 송승연 대리가 참았던 화를 터뜨렸다.

"왜?"

"질문받았을 때 100%는 아니더라도 90% 정도는 가능하다고 이야기했어야죠. 인지도에서 밀리고 발표도 시원하게 못했는데 가능성도 70%라고 하면 누가 뽑아 주겠어요. 나라도 안 뽑겠다."

"그, 그런가?"

"내가 과장님 때문에 정말 미치겠어요."

"그래도 거짓말을 할 수는 없잖아. 실제로도 90% 다 실행하기는 힘들고."

"알 게 뭐에요. 일단 채택되고 나서 그때 설명해도 늦지 않은 문제를…… 하아…… 내가 말을 말아야지."

분을 이기지 못한 송승연 대리가 씩씩거리며 앞으로 걸어갔다.

"어, 송 대리. 잠깐만. 전화 들어온다. 모르는 번호인데……."

"여보세요."

–안녕하세요. 박 과장님. 조금 전에 인사 나눴던 제네스 마케팅팀 김유빈입니다.

"아, 예. 예."

"제네스에요? 아, 빨리도 결정했네. 채택 안 되었다고 하는 거죠?"

앞서가던 송승연 대리가 확신한 투로 말했다.

"네? 지금요? 아, 알겠습니다."

박정균 과장이 어리둥절한 표정으로 전화를 끊었다.

"왜 그러는데요? 과장님."

"어, 그게…… 다른 프로젝트에 대해 상의해 보고 싶다고 아직 안 갔으면 지금 보자고 이야기하는데?"

"무슨 프로젝트요? 누가요?"

"……10억 원짜리 프로젝트라고……."

"네?"

박정균 과장의 자신 없는 대답에 송승연 대리의 눈이 자연스럽게 제네스 코리아 건물로 향했다.

분명히 박 과장이 잘못 들었을 거로 생각한 그녀였다.

"갑자기 전화 드려서 놀라셨죠?"

유빈이 웃으며 커피 두 잔을 테이블 위에 놓았다.

"회의실이 다 사용 중이어서 휴게실밖에 대화할 곳이 없네요."

"아, 괜찮습니다. 괜찮습니다. 커, 커피숍에 있는 것 같아서 좋습니다."

박정균 과장이 어색하게 답하며 슬쩍 유빈을 살폈다.

젊고 잘생긴 외모에 싱글싱글 웃고 있는 모습이 호감이 갔다. 에이전시를 고르는 입장이어서인지 어딘가 고압적인 분위기를 풍기는 마케팅 여직원들과는 딴판이었다.

상대방을 편하게 해주기 위해서 애쓰는 것이 느껴졌다.

발표 때 명함을 받았지만, 자세히 살펴보지 못했는데 다시 보니 프로젝트 매니저라는 생각보다 높은 직함이었다. 그래서 유빈의 태도가 더 낯설었다.

"그런데 전화로 하신 말씀이 무슨 뜻인지…… 혹시 저희가 에이전시로 선택되었나요?"

말과 그림의 송승연 대리가 참지 못하고 먼저 물었다.

"그건 아닙니다. 조금 전 제품 관련 에이전시 발표 건은 MNK 커뮤티케이션즈로 결정되었습니다."

"아, 역시……."

기대하지는 않았지만 직접 말로 결과를 들으니 씁쓸한 건 어쩔 수 없는 모양이었다.

사장님의 잔소리가 벌써 들려오는 듯했다.

그런 두 사람을 보며 유빈이 잔잔한 미소를 지었다.

"제가 과장님께 다시 연락을 드린 이유는 다른 프로젝트를 같이 진행해 보고 싶어서입니다."

"다른 프로젝트요?"

"일단 이걸 한 번 봐주세요."

유빈이 들고 있던 두꺼운 바인더 북을 박정균 과장 앞에 놓았다.

박정균 과장과 송승연 대리가 말없이 파일을 한 장 한 장 넘겼다.

"이건…… 피임약의 복용률을 높이는 캠페인이네요."

"네, 맞습니다. 지난 5년간 마케팅 부서에서 진행한 캠페인 자료를 모은 바인더입니다."

"그런데 이걸 왜?"

"제가 말과 그림과 함께하고 싶은 프로젝트가 바로 그것입니다. 지난 10년간의 캠페인으로 복용률은 2.5%에서 2.8%로 올랐습니다. 사실 이 정도 상승분이라면 캠페인의 효과라고 하기에도 민망한 정도입니다."

"아무래도 그렇겠죠."

"대략 보셨겠지만, 캠페인에 대한 두 분의 의견을 듣고 싶군요. 왜 잘 안 된 건지? 잘될 방법은 없는지. 어떤 이야기도 상관없습니다. 다만, 원인 분석보다는 성공할 방법에 대해서 중점적으로 말씀 부탁합니다."

박정균 과장은 유빈이 자신을 시험하고 있다는 것을 알았다. 만족할 만한 답변을 한다면 프로젝트를 맡을 수 있을지 몰랐다.

갑작스러웠지만 자신 없는 발표보다는 덜 곤욕스러웠다. 박 과장의 표정이 더없이 진지해졌다.

"자, 잠시만 시간을 주시겠습니까?"

"네, 그럼 저는 제 자리에 있을 테니까 준비되시면 언제든지 말씀해 주십시오."

"알겠습니다."

유빈은 바로 대답하지 않은 박 과장의 신중한 태도가 마음에 들었다. 여러 가지 모습으로 볼 때 아무래도 그가 찾는 ISTJ 조력자일 가능성이 커 보였다.

삼십 분 정도의 시간이 흘렀을까.

유빈은 다시 두 사람을 마주하고 앉았다.

“시간이 많지는 않았지만, 실패한 원인과 개선점을 나름대로 찾아봤습니다. 다만, 프로젝트 플랜에 대해서는 조금 더 시간이 필요할 것 같습니다.”

“정리된 부분만 말씀해 주십시오.”

유빈이 고개를 끄덕였다.

발표 때와는 다르게 박정균 과장은 안정된 톤으로 이야기를 이어 갔다.

“우선 캠페인의 타깃이 미혼 여성으로만 한정된 점이 아쉽습니다. 피임약을 꼭 미혼 여성만 사용하는 건 아니라고 생각합니다. 이 부분에 대해서는 정확한 타깃팅을 정하고 다시 플랜을 짜야 할 것 같습니다.”

“네.”

유빈이 추임새를 넣으며 맞장구를 쳤다.

그가 분석한 것과 크게 다르지 않은 내용이었다.

“그리고 임팩트 없는 오프라인 행사가 너무 많았습니다. 선상 파티, 클럽 파티 등등 여, 연예인을 초청해 비용은 만만치 않게 들었지만, 효과는 미미한 것으로 보입니다.”

발표도 아닌데 말을 더듬는 걸 보니 습관인 모양이었다. 하지만 유빈은 전혀 개의치 않았다. 그가 듣고 있는 것은 내용이었다.

"저도 확인해 보니까 하루 정도 포탈에 기사가 몇 개 뜨고는 이슈가 사라졌더군요."

"맞습니다. 이슈화를 시키려면 최소한 녹색창 실시간 급상승 10위권 안에는 들게 해야 합니다."

박 과장은 그 외에도 몇 가지 캠페인이 효과가 없는 이유를 원인 분석했다.

"좋습니다. 여기까지는 TBU(True But Useless, 맞는 이야기인데 별 쓸모가 없다는 뜻으로 원인 분석으로 시간을 낭비한다는 뜻)군요. 그럼 이제 해결책으로 넘어가 볼까요."

"음, 알겠습니다."

박정균 과장이 움찔하며 다음 내용을 준비했다.

사람 좋아 보이는 인상과 달리 유빈은 냉철하게 자신의 발표를 판단하고 있었다. 젊다고 허투루 볼 사람이 아니었다.

"저희 말과 그림의 제안은 매체 집중 공략입니다. 이제는 TV와 인터넷이 어떤 매체보다 강력한 힘을 발휘합니다. 자잘하게 행사하는 것보다 비용이 든다 해도 일 년에 세 번 정도 매체 노출을 하는 편이 좋을 것 같습니다."

"한 번이라도 실패한다면 타격이 크겠군요. 하지만 큰 그림에서 저도 과장님의 의견에 동의합니다. 제가 생각할 만한 매체 노출로는 PPL(Product Placement, TV나 영화 속 간접광고),

UCC(User Created Contents, 개인이 만든 저작물) 정도인데 다른 것도 있습니까?"

"으음, 바이럴 마케팅이나 그 외에도 떠오른 아이디어는 몇 개 있지만, 자세한 바, 방법은 조금 더 고민해 봐야 할 것 같습니다."

자신의 대사를 유빈이 대신하자 할 말이 없어진 박 과장이 마른침을 삼켰다. 어떻게 이렇게 젊은 사람이 프로젝트 매니저를 맡았는지 알 것 같았다.

"좋습니다. 같이하시죠. 말과 그림과 프로젝트를 함께해 보겠습니다."

잠깐의 망설임도 없이 유빈이 손을 내밀었다.

"네? 정말입니까?"

유빈의 화통한 결정에 말과 그림의 두 직원은 어안이 벙벙해졌다. 빨라도 너무 빠른 결정이었다. 박 과장은 유빈의 손이 뻘쭘하지 않도록 바로 맞잡았다.

"결재를 받아야 하긴 하지만 이번 프로젝트에 대한 전권은 저한테 있다고 생각하셔도 됩니다."

"저, 그럼 예산은 얼마 정도 생각하시나요?"

"10억 원입니다."

"헉…… 정말이군요."

박 과장이 이것 보라는 듯이 송 대리를 쳐다봤다. 그녀는 여전히 믿기지 않는 표정이었다. 두 사람의 눈동자 지진을 일으켰다. 믿을 수는 없었지만 동시에 흥분을 감출 수가 없었다.

"그, 그런데 왜 저희 에이전시를 선택했는지 궁금하군요. 제네스와 같이 일한 경험도 없고 헬스케어 분야도 이번이 첫 도전인데……."

박 과장은 자기가 말하면서도 궁금했다.

유빈이 함부로 결정할 사람이 아니라는 건 대화로 알 수 있었다.

"과장님이 말씀하신 말에 정답이 들어 있습니다. 헬스케어 분야에서 일한 적이 없기 때문에 틀에 박힌 계획을 짜지 않을 거로 생각하고 결정한 겁니다. 참신한 기획, 기대합니다."

유빈의 답변에 박 과장이 격렬히 동의하며 고개를 끄덕였다. 하긴 제네스에서 10년 동안 얼마나 많은 헬스케어 전문 에이전시와 캠페인을 진행했겠는가.

하지만 복용률 결과가 말해주고 있었다.

틀을 깰 만한 기획이 필요했다. 유빈은 그 점을 간과하지 않은 것이었다.

"한 가지 더 이유가 있다면 과장님과 제가 성격이 잘 맞을 것 같아서 결정했습니다. 어떻게 생각하면 그게 더 결정적인 이유입니다."

"네?"

평생 일하면서 처음 듣는 이야기였다.

기획에는 관심을 보였지만 박 과장 사람 자체에 호감을 표시한 사람은 없었다.

더 이해가 안 되었다. 유빈은 오늘 처음 본 사람이었다. 송 대리 역시 마찬가지 표정이었다.

"보름 후에 프로젝트에 대한 PT를 진행하기로 하죠. 괜찮은가요?"

유빈이 씨익 웃으며 넘어갔다.

유빈은 섬세하게 프로젝트를 실행할 사람이 필요했다. 그런 면에서 솔직하고 진중하면서 꼼꼼한 박 과장이 적임자였다. 애초에 에이전시의 명성은 유빈에게 중요한 요소가 아니었다.

"최선을 다하겠습니다. 그리고 고맙습니다."

이해가 되건 안 되건 중요한 사실은 계약할 가능성이 크다는 것이었다.

"감사 인사는 넣어 두십시오. PT가 제 마음에 들지 않으면 번복할 수도 있습니다."

박 과장이 쓴웃음을 지었다.

유빈은 빈틈이 없는 남자였다.

이로써 최소 며칠간 밤샘은 정해진 셈이었다.

하지만 제대로 된 도전에 오랜만에 가슴이 두근거리는 것도 사실이었다.

“유빈 씨, 많이 드세요. 환영회라도 해야 하는데 차장님이 저러시니……. 이렇게라도 자리 마련해서 다행이네요. 유빈 씨 덕분에 2.5리터 사이다를 원샷한 기분이었어요.”

유진영 차장이 외근 나간 틈을 타 점심시간에 모인 마케팅 직원들이 두런두런 이야기를 나눴다. 마케팅 부서의 차석 격인 홍경은 과장이 자리를 주도했다.

주로 유진영 차장에게 한 방 먹인 유빈에 대한 이야기였다.

상사의 뒷담화는 회사원에게는 필수였다.

“그런데 유 차장님이 어떻게 WH 헤드가 된 겁니까? 홍 과장님이 먼저 PM으로 일하고 있었잖아요.”

유빈이 알기로 홍경은 과장이 PM이 된 게 먼저였다.

“아, 그거요? 저는 헤드할 생각도 능력도 없어요. 너무 책임질 게 많아도 힘들어요. 지금은 엔젤로하고 우리 아이들 책임지기에도 벅차답니다. 게다가 나이도 유 차장님이 많고……."

뭔가 걸쩍지근한 대답이었다.

유빈은 홍경은 과장의 대답을 들으면서 그녀도 속으로는 차장 자리를 기대했다는 느낌을 받았다.

지금은 유진영 차장을 잘 보조하고 있지만, 그녀도 불공평한 발령이라고 생각할 가능성이 컸다.

'최상렬 부사장의 안배인가?'

회의 때 목격한 오라로 봤을 때 유진영 차장은 최상렬 부사장과 분명히 연관이 있었다.

"유 차장님한테 대단한 배경이라도 있나 보죠?"

유빈이 모르는 척 슬쩍 질문을 던졌다.

"몰랐어요? 유진영 차장님이 최상렬 부사장님 약대 후배잖아요."

박다혜가 끼어들었다.

"몰랐습니다."

그놈의 학연과 지연. 지겨웠다.

하지만 한국 사회에서 그만한 연결고리는 찾기 힘들었다.

"유 차장님은 최상렬 부사장님이 베르겔파마에서 직접 스카우트해 온 사람이에요. 그때 이연수 부장님이 우리 사업부 마케팅 헤드였거든요. 영업 경험이 없다고 반대하셨는데, 결국은 새로운 젤레크 PM으로 왔죠."

"저야 그때 회사에 들어오기 전이라서 잘은 모르지만 그러면 안 되는 거 아니에요? 자리가 비어 있으면 AM하던 사람이 PM이 돼야 맞는 거죠."

홍 과장의 말에 박다혜가 발끈했다.

현재 젤레크 PM인 박다혜는 엉뚱한 면이 있었지만, 불의를 참지 못하는 스타일이었다.

"프로세스가 꼭 그런 건 아니야. 하지만 그게 상식이기는 하지."

"결국, AM하시던 분은 그만두셨다면서요?"

"기분은 나빴겠지만, 위에서 발령을 내렸으니 별수 없잖아. AM으로 계속 일했는데 결국에는 유 차장님하고 사이가 안 좋아서 퇴사했지."

홍경은 과장이 부드럽게 말은 했지만, 내용인즉슨 유 차장이 나가게 만들었다는 의미였다.

"마케팅에 있으면서 가장 힘든 점이 뭔가요?"

유빈이 신입으로서 궁금할 만한 질문을 던졌다.

"유 차장님이 영업 경험이 없으니까 헤드가 된 다음부터 영업팀하고 트러블이 많았어요. 중간에서 PM들이 노력했지만, 사이가 많이 틀어진 것 같아요."

그림이 그려졌다.

최상렬 부사장이 괜히 무리하면서까지 유진영을 여성건강

사업부 마케팅 헤드로 만들지는 않았을 것이다.

"그나마 홍 과장님이 중간에서 잘 무마해서 그렇지, 아니었으면 영업팀 지점장님하고 대판 싸웠을 거예요."

마케팅 직원들과의 대화로 유빈은 마음을 정했다.

유 차장과는 같이 갈 수 없을 것 같았다.

다만 유진영 차장이 최상렬 부사장의 의중을 알고 있을지는 궁금했다.

만약, 여성건강사업부를 축소하려는 부사장의 의중을 모르고 있다면 그 틈 어딘가에 둘 사이를 갈라놓을 수 있는 단초가 있을지 몰랐다.

"말과 그림하고 프로젝트를 계약할 거라고요?"

"네, 말과 그림이 가장 마음에 듭니다."

외근에서 돌아온 유진영 차장은 유빈이 던진 말에 화가 머리끝까지 솟구쳤다. 며칠째 눈앞의 신입 마케팅 직원 때문에 마음이 편할 날이 없었다.

개인적인 감정은 둘째 치고 이 남자가 도대체 무슨 생각으로 일을 진행하는지 알 수가 없었다.

무려 10억 원의 예산이 책정된 프로젝트다.

에이전시 발표 경합도 없고 다른 마케팅 직원들의 의견을 묻지도 않았다.

"왜 말과 그림이죠? 프로젝트에 대한 발표도 안 들어 봤잖아요. 어떤 식으로 프로젝트를 진행할지에 대한 정보도 없이 결정한다는 게 말이나 됩니까? 게다가 그 회사는 아직 벤더 등록(vendor, 에이전시와 같은 협력업체의 전산등록)조차 되어 있지 않은 낯선 회사입니다."

"발표는 조금 전 들은 거로 충분합니다. 프로젝트는 제가 진행하는 거라서 에이전시에서는 서포트 해주는 거로 충분합니다."

"아무리 김유빈 씨가 프로젝트의 매니저라도 그런 독단적인 결정은 안 됩니다!"

유 차장의 목소리가 높아졌다.

사무실 사람들이 쳐다보는 것도 개의치 않았다.

"지금 말씀을 드린 건 보고가 아니라 노티스일 뿐입니다. 이연수 부장님에게 이미 전자 결재는 올렸습니다. 작은 예산이 아니라 직접 설명하려고 가는 길에 차장님도 알고 계시라고 말씀드린 것뿐입니다."

"하아, 도저히 안 되겠네요. 저도 같이 가죠. 부장님한테 내가 직접 말해야겠어요."

"그렇게 하시죠. 그럼."

유빈의 말에 유 차장이 자리에서 벌떡 일어났다.

앤 해밀턴은 벽도, 바닥도 온통 흰색으로 되어 있는 통로를 빠른 속도로 걸어갔다. 그녀가 걸을 때마다 발굽 소리가 고요한 통로를 리듬감 있게 울렸다.

이제 익숙해질 만도 한데 통로를 지날 때마다 긴장되는 건 어쩔 수 없었다. 소장이 집무실의 위치를 외딴 장소에 따로 떨어뜨려 놓은 이유를 알기에 더욱 그랬다.

"소장님, 해밀턴입니다."

"오, 해밀턴 팀장. 들어오세요."

앤이 들어가자 후끈할 열기와 높은 습도가 순간적으로 숨을 막았다.

연구소 안에 개인 온실을 만들어 놓은 남자가 그녀를 맞았다.

"오랜만이네요. 소장님."

"그런 인사를 들을 정도로 만난 지가 오래되었나요?"

"한 달은 넘은 것 같은데요."

"흠, 벌써 그렇게 되었나요?"

"사내 메신저로는 매일 연락하니까요."

제네스 미래전략연구소의 소장이지만 대인기피증으로 웬만하면 사람을 만나지 않는 존 필립이 콧잔등을 찌푸렸다.

앤의 퉁명스러운 대답은 아무리 해도 익숙해지지 않은 종류였다. 하지만 동시에 그녀를 매력적으로 보이게 하는 요소이기도 했다.

여러 권의 저서를 보유한 미래학자인 존 필립이 제네스 미래전략연구소장으로 임명되었을 때, 안팎으로 말이 많았다.

뛰어난 미래학자이자 잘 알려진 대인기피증 환자인 그가 거대 다국적 기업에 취직한 사실도 이슈였고 그 회사가 제네스라는 사실도 마찬가지였다.

"말 속에 뼈가 있군요. 난 쓸데없는 만남을 회피하는 것뿐입니다. 연구소장 자리를 승낙한 것도 다니엘 회장님께서 내 업무 방식을 존중해 주는 조건이었죠."

앤은 할아버지한테 들어 이미 알고 있는 이야기였다.

듀레인 회장은 존 필립을 스카우트했을 때의 일화를 즐겁게 이야기하곤 했다.

그럼에도 별로 정이 가는 사람은 아니었다.

"누가 뭐라고 했나요? 그런데 오늘은 왜 부르셨나요?"

"후후. 도저히 안 만날 수가 없더군요. 해밀턴 팀장이 올린 이 리포트. 매우 흥미롭게 읽었습니다."

"그런가요?"

무미건조하게 답했지만 내심 떨리는 건 어쩔 수 없었다. 앤이 유빈의 말을 토대로 정보를 모아 작성한 리포트였다.

"시야를 5년에서 10년 정도 앞에 둔 리포트더군요. 내일 일어날 일도 예상 못 하는 바보 같은 경영진에서 어떻게 받아들일지는 모르겠지만, 상반기 미래전략은 이거로 밀죠."

미래전략연구소에서는 상반기와 하반기에 수립된 미래전략을 경연진에 보고했다.

모든 전략이 반영되는 것은 아니지만, 채택만 되면 회사의 미래 먹거리를 책임지기 위한 프로젝트팀이 바로 결성되었다.

"바이오시밀러의 가능성과 CMO 사업의 필요성이라. 그런데 이 리포트 정말 해밀턴 팀장의 아이디어입니까?"

"왜 그러시죠?"

보고서에는 바이오시밀러에 관한 유빈의 생각을 모두 담지는 않았지만, 그의 의견이 주를 이뤘다. 현실적 가능성을 고려해 CMO 사업에 조금 더 비중이 실린 보고서였다.

"지금까지 해밀턴 팀장이 올린 리포트 하고는 분위기가 달라서요. 달라도 너무 다릅니다. 마치 다른 사람이 쓴 것처럼요."

"……제가 안 썼으면 누가 썼겠습니까?

"후후, 그렇다고 하죠. 한 가지만 조언하죠. 이번 리포트에 대해 조언해 준 사람이 있으면 그 사람은 꼭 잡으십시오."

"……그럴 생각입니다."

이미 알고 있는 것처럼 이야기하는 소장 앞에서 앤은 고개를 끄덕였다.

"후후. 경영진의 질의에 답변할 수 있는 후속 리포트를 준비해 주세요. 해밀턴 팀장, 수고했습니다."

"감사합니다. 소장님."

몇 년 동안 근무하면서 괴짜 소장에게 처음 들어보는 말이었다. 기분이 짜릿했다. 동시에 한국에 있을 유빈에게 연락해 봐야겠다는 생각이 머릿속을 채웠다.

유빈과 함께 부장실을 찾아간 유진영 차장이 불만을 토로했지만, 이연수 마케팅 총괄부장은 고개를 저었다.

"유 차장, 무슨 말인지는 알겠어요. 하지만 첼시 사장님은 김유빈 씨에게 최대한 권한을 주라고 명령했습니다."

"그래도 이건 상사인 저를 너무 무시하는 처사 아닌가요?"

이연수 부장이 앞에 앉아 있는 두 사람을 번갈아 쳐다봤다.

"김유빈 씨는 할 말 없나요?"

"저는 지금이 최선이라고 생각합니다."

"이것 보세요, 부장님. 정말 위아래가 없는 사람이에요!"

저는 뭐 위아래가 있다고 부장인 자신 앞에서 이렇게 소리를 지르는지.

이연수 부장이 여성건강사업부 마케팅 헤드일 때도 유진영은 툭하면 회의로 합의된 내용과 이 부장의 결정에 불만을 터뜨렸다.

자신이 생각하기에는 효과가 없을 거라는 식이었다.

"유 차장, 목소리 낮춰요. 목소리 크다고 이기는 건 초등학생인 우리 아이 또래에게나 통하는 일이에요. 따지려면 논리를 가지고 따지세요."

이 부장의 목소리가 싸늘해졌다.

최상렬 부사장이라는 사내의 막강한 배경을 업고 있는 유진영 차장은 무서운 게 별로 없었다. 하지만 그녀가 그나마 자제할 줄 알게 된 건 이연수 부장 때문이었다. 그녀는 이연수 부장이 한 번 폭발하면 얼마나 사나운지 경험으로 알고 있었다.

예전에 한 번 덤비다가 이연수 부장에게 폭풍 영어 욕을 들은 기억이 아직도 생생하게 남아 있었다.

"……목소리 높여서 죄송합니다. 하지만 김유빈 씨에 대한 일은 부장님이 교통정리를 해 주십시오. 부하 직원이 상사의 말에 따르지 않는 건 항명입니다, 항명."

유 차장은 이연수의 감정을 거스르지 않기 위해 감정을 최대한 억누르며 말했다.

"김유빈 씨, 더 할 말 없나요?"

유빈이 유 차장의 오라를 잠시 살폈다. 그녀는 자신의 말에 확신을 하고 말하는 게 분명했다. 자기중심적인 사람이었다.

게다가 그녀의 말투는 마치 군대에 다녀오지도 않은 선배가 군대 용어를 쓰며 군기를 잡으려는 꼴이었다.

"음, 저는 사장님으로부터 프로젝트를 성공시키라는 명령을 받았습니다. 유 차장님이 항명이라고 하셨는데 유 차장님 식으로 진행해서는 사장님의 명령을 완수하지 못합니다. 그럼 그게 더 중대한 항명인 것 같은데요. 설마 차장님의 명령이 사장님의 명령보다 중요하다고 생각하시나요?"

유빈이 질문과 함께 유진영을 쳐다봤다.

"……."

유진영의 말문이 막혔다. 도저히 그렇다고 할 수 없는 질문이었다.

"여기에 OC 프로젝트의 전임자 두 분이 계시니 솔직히 말씀드리겠습니다. 이 프로젝트는 어중간하게 진행해서는 절대 성공할 수 없습니다. 두 분이 더 잘 아시겠죠. 경험이 필요한 일이라면 당연히 상사인 유 차장님의 조언을 구할 겁니다. 하지만 OC 프로젝트는 기존의 마케팅과는 완전히 다른 방향으로 진행할 겁니다. 그래야만 조금의 가능성이라도 생기기 때문입니다."

"흐음, 알겠어요. 그래도 김유빈 씨는 일을 진행할 때 되도록 유 차장과도 상의하는 방향으로 부탁할게요. 물론 결정은 김유빈 씨가 하는 게 맞지만, 마케팅 경험이 많은 유 차장의 의견이 도움이 될 겁니다."

이연수 부장이 흐뭇한 표정으로 고개를 끄덕였다.

유빈의 발언에 속이 다 시원했다. 하지만 총괄부장으로서 마케팅 부서 내 다툼은 지양해야 했다. 쓸데없는 에너지 소모는 회사에도 불이익이었다.

이연수 부장은 유진영 차장의 의견도 어느 정도 반영했지만 결정하는 사람이 유빈이라는 사실은 확실히 선을 그어줬다.

"그렇게 하겠습니다."

유빈이 고개를 끄덕였지만, 유진영은 묵묵부답이었다.

이연수 부장이 알 듯 모를 듯 미소를 지었다.

신입사원 면접에서 만나고 일 년도 안 된 사이에 마케팅 프로젝트를 맡은 눈앞의 젊은이가 그저 대견할 뿐이었다.

사람을 보는 자신의 안목이 틀리지 않았다는 생각도 그녀를 즐겁게 만들었다.

둘 사이의 분위기를 감지한 유진영 차장도 더는 말을 하지 않았다. 발을 뺀을 자리를 잘못 찾아온 것이었다.

부장실에서 나온 유진영 차장은 곧바로 부사장실로 향했다.

"부사장님, 정말 못 참겠습니다. 김유빈 씨 때문에 일이 안 잡힙니다."

프로젝트 때문이 아니더라도 유빈은 퇴근 시간이 되면 차장인 자신이 자리를 지키고 있어도 칼퇴근을 했다.

마케팅 부서에서 일하면서 저녁 8시 이전에 퇴근하면 선방이었다. 다른 직원들도 야근을 당연하게 생각했다.

그런데 유빈이 일찍 퇴근하면서 조금씩 그에게 물들어 가는 모습이 나타나고 있었다.

"유 차장, 난 오히려 잘된 것 같은데 왜 그렇게 열을 올리나요?"

최상렬 부사장이 시선을 컴퓨터에 둔 채 말을 받았다.

"네? 잘되었다고요? 절 그렇게 무시하는데요?"

"프로젝트에 실패하면 책임을 진다고 했다면서요. 아닙니까?"

"그건 확실히 들었습니다. 다른 직원들도 들었고요."

그제야 최 부사장이 고개를 들어 유 차장을 쳐다봤다. 마치 뱀의 눈처럼 섬뜩한 느낌에 유 차장이 몸을 한 차례 떨었다.

"김유빈 씨는 에이전시로 들어도 보지 못한 곳을 독단적으로 결정했습니다. 프로젝트에 실패하면 확실히 책임을 진다고 했죠. 유 차장은 프로젝트가 성공할 것 같습니까?"

"아, 아니요. 당연히 못 할 겁니다. 정예부대와 함께해도 실패할 가능성이 90%인데 오합지졸과 함께라면 거의 100%로 실패하겠죠."

"그럼 김유빈 씨는 어떻게 될까요? 유 차장이 관여를 안 하는 게 오히려 낫습니다. 장결희 본부장처럼 책임질 일이 없잖아요. 김유빈이 빠져나갈 구멍을 만들어주는데 오히려 좋아해야 하는 상황입니다. 알겠습니까?"

"……부사장님 말씀을 듣고 보니 그런 것 같네요."

"그가 독립적인 운영을 고수한다면 마케팅 인력을 프로젝트에 빌려주지 마세요. 혼자서 그 많은 일을 다 할 수 있겠습니까? 아무리 에이전시가 도와준다 해도 곧 지칠 겁니다."

들썩거리던 유 차장의 어깨가 잠잠해졌다.

최상렬 부사장의 말처럼 생각해 보면 열 받을 일이 아니었다.

김유빈은 그냥 놔둬도 나가떨어질 게 분명했다.

오랜만에 마음에 평화가 찾아온 기분이었다.

유빈은 말과 그림의 프로젝트 플랜 발표 미팅을 마케팅팀에 공지했다. 하지만 시간이 지나도 참석하는 사람은 유빈 말고는 없었다.

유빈이 주서윤에게 문자를 보내자 바로 답장이 왔다.

[오빠, 차장님이 갑자기 미팅 소집해서 잡혀 왔어요. ㅠㅠ 저도 듣고 싶은데~]

"다들 바쁜 모양이네요. 그럼 시작하시죠."

문자를 확인한 유빈이 고개를 끄덕였다.

유진영 차장이 어떤 생각인지 바로 알 수 있었다.

"발표 도중에라도 궁금한 점이 있으면 바로 말씀해 주십시오."

박정균 과장은 청자가 한 명뿐이었지만, 여전히 버벅거리며 발표를 했다.

"처, 첫 번째 기획은 드라마 PPL입니다. 상품을 직접 광고하는 게 아니기 때문에 드라마 작가와 이야기해서 피임약의 필요성을 스토리 속에 자연스럽게 녹이는 방향으로 진행할 계획입니다."

헤인즈 코리아와 보건복지부가 공동으로 진행한 캠페인의 예시가 화면에 떠올랐다.

드라마의 마지막 부분에 연예인으로 설정된 주인공이 금연 캠페인 홍보대사로 위촉된다는 내용이었다. 헤인즈 코리아에서 판매하는 금연 약물 패치 제품과 보건복지부에서 진행 중인 금연 캠페인의 콜라보였다.

"생각하고 있는 드라마가 있나요?"

"지금 7화를 넘기면서 시, 시청률이 30%에 육박하는 비밀의 정원과 다음 달에 시작되는 드라마 두 개가 대상입니다."

"비밀의 정원은 아무래도 비용이 만만치 않겠죠?"

"네, 광고는 확실히 될 수 있지만 이미 PPL이 많이 붙어서 비용 책정이 쉽지 않을 것 같습니다."

프로젝트 예산인 10억 안에서 계획을 짜야 했다.

상반기 5억, 하반기 5억이라고 생각하면 PPL에 너무 많은 돈을 투자할 수는 없었다.

"나머지 두 드라마는 어떤 내용인가요?"

"하나는 꼬, 꽃중년 남자 네 명이 펼치는 로맨틱 멜로 드라마이고요. 다른 하나는 첩보 드라마로 작년에 대박 난 드라마의 후속편입니다."

"흐음, 알겠습니다."

유빈은 박정균 과장이 준비해 온 자료를 꼼꼼히 살폈다.

세 개의 드라마 모두 흥행할 가능성이 컸지만, 뚜껑은 열어 봐야 아는 일이었다.

드라마 PPL은 드라마의 흥행 여부에서 광고 효과가 엄청나게 차이가 났다. 가장 큰 예산이 들기 때문에 신중하게 결정할 수밖에 없었다.

똑똑똑.

유빈이 세 드라마의 줄거리를 읽어 보고 있는데 유리문을 노크하는 소리가 들렸다.

누구지?

마케팅 직원이 아니고는 참석할 사람이 없었다.

"중간에 방해해서 미안해요. 저도 같이 듣고 싶어서 왔습니다. 괜찮겠죠?"

들어온 여자가 에이전시 사람들에게 살짝 목례를 했다.

"부장님! 여기 앉으세요. 참석해 주셔서 감사합니다."

뜻밖의 인물에 유빈이 바로 상석을 내줬다.

들어온 사람은 이연수 총괄부장이었다. 따로 알린 적이 없는데 아마도 캘린더에 올려놓은 미팅 스케줄을 보고 참석한 것 같았다.

마케팅 경험이 누구보다 풍부한 그녀가 옆자리에 앉아 있으니 든든해졌다.

"계속 진행하시죠. 부장님, 들으시다가 의견이 있으시면 언제든지 말씀해 주세요."

"그럴게요."

이연수 부장도 말과 그림에서 나눠 준 자료를 살폈다.

"PPL과 동시에 진행할 기획은 UCC입니다. UCC에서 가장 중요한 점은 이슈성입니다. 입소문을 타야 효과를 극대화할 수 있습니다. 저희 쪽에서 생각한 것은 영화나 드라마를 패러디해서 영상을 제작하는 것입니다."

"생각해 놓은 영상이 있나요?"

"드라마 쪽으로는 지금 가장 핫한 비밀의 정원의 한 장면을 생각하고 있습니다. 영화로는 미션 임파서블을 생각하고 있습니다. 제목은 피임파서블 정도로요. 배우나 시나리오는 확답을 주시면 바로 준비하겠습니다."

"으음, 괜찮을 것 같은데 아무래도 패러디는 이슈성에서는 효과가 떨어질 것 같군요. 타깃과 어울리지 않는 마이너한 감성이 될 수 있습니다."

유빈이 냉철하게 장단점을 따졌다.

그는 에이전시에만 일을 맡겨 놓지 않았다. 칼퇴근한 이후에는 산부인과나 여대 등을 돌아다니며 아이디어를 떠올렸다.

책상에만 앉아 있을 때보다 구체적으로 생각을 정리할 수 있었다. 실제적인 경험이 바탕이 되니 유빈의 의견은 전문가와 대화하는 데도 전혀 어색함이 없었다.

그런 유빈의 한마디에 박정균 과장과 송승연 대리의 표정이 천당과 지옥을 왕복했다.

"이건 제 생각인데, 코미디 프로그램에 피임약 스토리를 덧씌우는 건 어떨까요? 작년에 코미디 리그에서 인기를 끌었던 오지랖들 보신 적 있나요?"

송승연 대리는 격렬히 고개를 끄덕였고 박정균 과장은 고개를 저었다.

"부장님은요?"

"전부는 아니지만 짤방으로 재밌는 것만 몇 개 봤어요."

"부장님 말씀처럼 오지랖들을 패러디해서 짤방으로 볼 수 있게 만들면 이슈가 될 것 같습니다."

송승연 대리가 박 과장한테 바로 영상을 보여 줬다.

"음…… 조, 좋은데요. 이런 포맷이면 메시지도 살리면서 영상도 재밌게 나올 수 있을 것 같습니다."

"그럼 한 번 코미디언분들 하고 컨택해 주세요. 기존에 프로그램에 출연하셨던 분들과 계약되면 좋겠지만, 안 되더라도 비슷한 이미지의 분들을 섭외하면 되니까요."

"알겠습니다."

이미 10억에 대한 예산 결재를 첼시 사장에게 넘겼기 때문에 이연수 부장이 프로젝트에 관여할 일은 없었다.

여성건강사업부 마케팅 헤드를 거쳐 지금의 자리에 올라온 그녀는 유빈의 프로젝트가 항상 마음의 빚으로 남아 있었다. 자신은 해내지 못했지만, 유빈은 꼭 성공하기를 바랐다.

이연수 부장은 흥미롭게 둘의 대화를 지켜봤다.

만난 지 얼마 안 되었을 텐데도 이미 두 사람 사이에 팀워크가 형성되어 있는 느낌이었다. 게다가 마케팅에 대한 유빈의 의견이 초짜라는 생각은 전혀 들지 않았다.

어쩌면, 아직 이르지만, 3%를 넘길 수도 있다는 느낌이 들었다.

유빈의 상쾌한 목소리가 이어졌다.

"그럼 다음 기획으로 넘어갈까요?"

26장
명성과 셀아키텍트

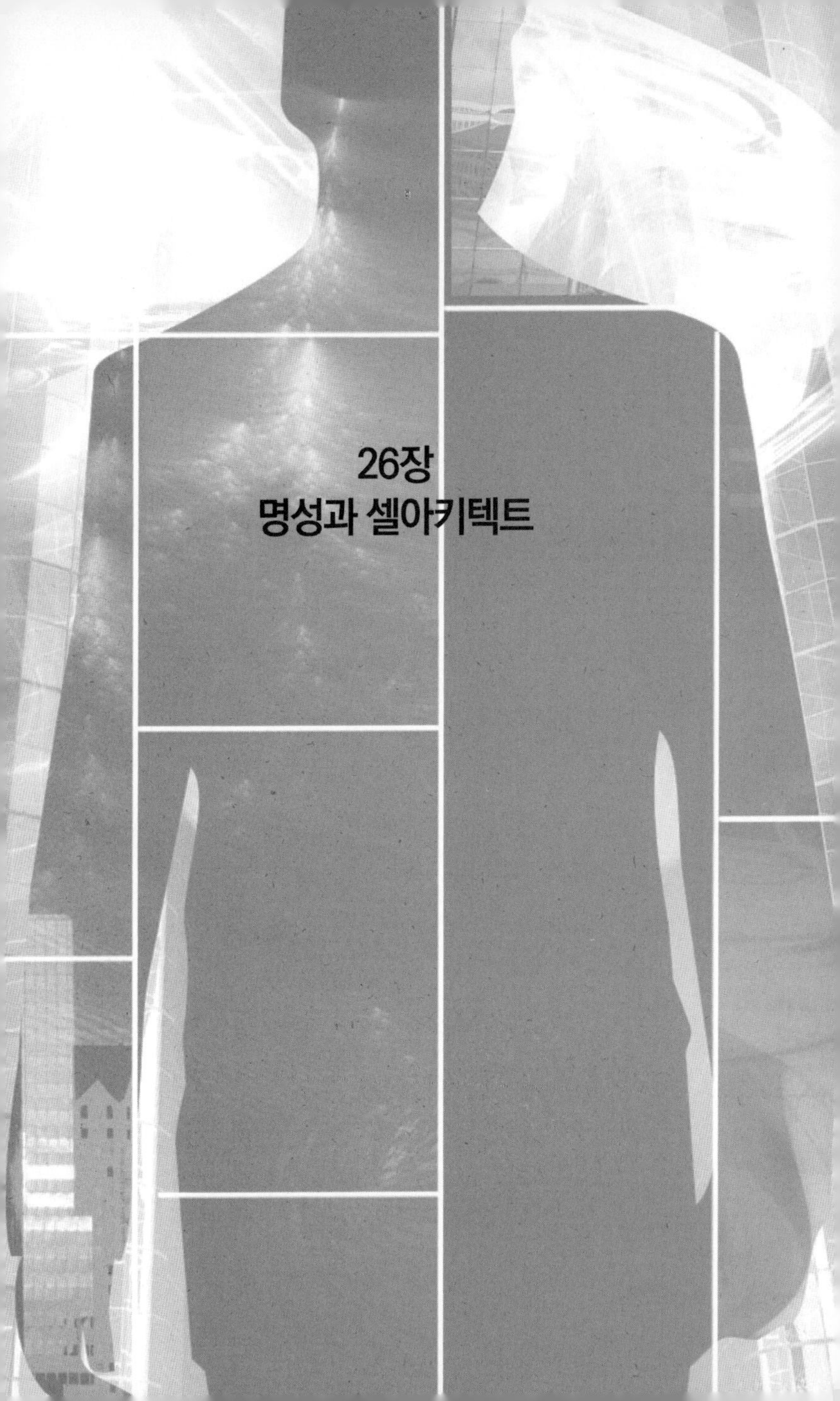

유진영 차장을 달래서 보냈지만, 최상렬 역시 유빈의 프로젝트 진행 상황을 계속 모니터링하고 있었다.

뉴욕에 다녀온 지 아직 2주일이 지나지 않았다.

그런데 10억 원의 예산은 이연수 부장을 지나 첼시 사장까지 결재가 완료된 상태였다.

에이전시도 빠르게 선택되었다.

대충 진행하는 거로 보일 정도로 거침없는 행보였다.

그렇다고 대충 일할 녀석은 아니었다. 첼시 사장이 자신의 운명을 걸 만한 녀석이었다.

최상렬은 더는 유빈을 얕보지 않았다. 유빈에 대한 자신의 오판 때문에 아들이 불명예스럽게 회사를 그만두었다.

그런 실수는 한 번이면 충분했다.

–부사장님. 항암사업부 권종석 이사님과 임승희 차장님이 회의실에서 기다리고 있습니다.

내선 전화로 들려온 목소리에 최상렬이 푹신한 의자에서 엉덩이를 뗐다. 첼시 사장이 여성건강사업부에 승부수를 던졌다면 최상렬은 항암사업부에 칩을 걸었다.

"알겠습니다. 지금 가겠습니다."

최상렬은 이기는 승부 아니면 할 생각이 없었다.

누가 보기에도 최상렬의 이길 가능성이 큰 판이었다.

50%.

유빈의 질문에 대한 박정균 과장의 답이었다.

말과 그림의 프로젝트 플랜 발표가 끝나고 유빈은 전에 했던 질문을 다시 했다.

"지금 발표한 내용의 실현 가능성은 몇 퍼센트로 보십니까?"

박정균 과정의 표정이 일그러졌다. 고민하는 모습이 역력했다.

"제가 플랜을 짜면서 이번 프로젝트가 만만치 않다는 것을 여실히 깨달았습니다. 피임약에 대한 대중의 인식은 물론이고 출산율 저하로 정부 정책과도 연계할 수 없습니다. 비용을 지급하면서 PPL을 하고 싶다고 제안해도 드라마 제작팀 쪽에서 거절할 가능성도 있습니다. 연예인 섭외도 쉽지는 않습니다. 이미지가 전부인 그들에게 피임약과 관련된 활동은 쉽지 않은 결정일 겁니다."

"그래서 반반이라는 건가요?"

"네, 피임약이 아니더라도 방송 매체 쪽은 원래 예측하기가 힘듭니다. 작은 일에도 틀어지기가 십상이죠."

장밋빛 전망을 듣고자 한 질문은 아니었다.

유빈이 무겁게 고개를 끄덕였다.

수긍은 갔지만, 마음이 움직이는 고개만큼이나 무거웠다.

"반반이라면 도박이네요. 도박할 수는 없죠."

"그럼……?"

"오프라인 캠페인도 같이 진행해야 할 것 같습니다. 그 부분에 대해서는 서로 고민해 보죠."

유빈의 고민이 깊어졌다.

오프라인 캠페인은 계획에 없던 바였다.

유빈 이전에 다른 사람들도 오프라인으로 여러 가지 시도를 했다. 하지만 비용과 노력 대비 효과는 미미했다.

효과가 국지적이라고 해야 할까?

전체적인 피임약에 대한 인식을 바꾸기에는 역부족이었다. 뭔가 지속적이면서 롱텀으로 봤을 때 차근차근 인식을 바꿀 기획이 필요했다.

"알겠습니다. 다음 미팅은 언제로 할까요?"

"최소한 이번 달 안에는 상반기 플랜을 확정해야 합니다. 음, 일주일 후에 만나죠."

"준비해 오겠습니다."

"제가 너무 까다로운 건 아닌지 모르겠습니다."

유빈이 웃으며 두 사람을 배웅했다.

"아닙니다. 오히려 명확하게 해야 할 일을 지정해 주셔서 저희 입장에서는 편합니다. 리더가 명확하지 않으면 일하기가 힘들거든요. 하하."

"그렇게 봐주시니 감사합니다. 오늘 수고하셨습니다. 우선 확정된 기획은 바로 진행하죠. 드라마 제작팀과 만나서 PPL이 가능한지, 그리고 비용 및 상세 조건 확인해 주십시오."

말과 그림 팀이 나가자 이연수 부장이 새삼스러운 눈빛으로 유빈을 쳐다봤다.

"제 얼굴에 뭐라도 묻었나요?"

"아니에요. 김유빈 씨. 혹시 전에 비슷한 일을 해본 경험이 있나요?"

"없습니다. 제 경력에는 영업밖에 없습니다."

"그래요? 에이전시와 호흡하는 모습이 자연스러워서 감탄하고 있었습니다. 마치 이 일을 수년간 해 온 사람 같네요. 단호하게 장단점을 말하는 모습이 믿음직스러워요."

"과찬이십니다. 서툴지 않게 보였다면 다행이네요. 말과 그림 박 과장님과의 호흡은 나쁘지 않은 것 같습니다."

"흐음, 큰 힘은 안 되겠지만, 내가 뭐 도와줄 건 없을까요?"

"아까 유 차장님한테 말씀해 주신 것만으로도 힘이 되었습니다. 그래도 말씀드리자면 다른 건 아니고 오프라인 캠페인 쪽으로 조언해 주시면 감사하겠습니다."

"오프라인이요…… 저도 웬만한 행사나 캠페인은 다 시도해 봤습니다. 지금 새롭게 떠오르는 건 없지만 영업할 때 경험을 살려 보는 건 어때요? 뜻밖에 좋은 아이디어가 떠오를지 모릅니다. 저도 그랬거든요."

이연수 부장마저 나가고 회의실에 혼자 남겨진 유빈이 자료를 뒤적였다. 이연수 부장의 말이 떠올랐다.

'내가 변한 건가?'

없었던 단호함이 생긴 것 같기는 했다.

그런데 그 단호함이 어디서 왔느냐가 문제였다.

듀레인 회장의 조언도 역할을 했지만, 환경이 변한 게 큰 차이였다.

영업과는 달리 마케팅 프로젝트는 유빈의 장점인 인간관계만 가지고는 성공하기가 요원했다.

첼시 사장에게 프로젝트 성공을 자신했지만 부딪치면 부딪칠수록 난관이 한두 개가 아니었다.

남들이 보기에는 추진력을 갖고 일을 진행하는 것처럼 보였지만 속으로는 부담이 컸다.

박정균 과장의 말을 듣고 나니 더욱 그랬다.

유빈이 해야 하는 일은, 한 사람이 아닌 국민의 의식을 바꿔야 하는 일이었다. 피임약 복용률을 1%도 아니고 무려 두 배인 3%를 올려야 했다.

무거운 마음으로 자료를 정리하던 유빈이 자리에서 일어났다.

이연수 부장의 조언이 머릿속을 떠나지 않았다. 유빈은 무거운 가슴을 안고 회의실에서 나왔다.

마침 유빈을 왕따시키기 위해 소집한 긴급회의를 마친 유 차장이 유빈을 향해 오고 있었다.

눈이 마주쳤지만 유 차장은 곧바로 시선을 돌렸다.

프로젝트에 대한 관심을 끊었는지 아니며 유빈을 유령 취급하기로 한 건지 냉랭한 표정이었다.

"차장님, 외근 나갔다가 오늘은 밖에서 마무리하겠습니다."

"마음대로 하세요. 김유빈 씨가 언제 저한테 허락받고 퇴근했나요?"

유빈을 지나친 그녀의 뒤통수가 말하고 있었다.

주서윤을 비롯한 마케팅 팀원들이 안쓰럽게 유빈을 쳐다봤다.

고향에 온 것 같다고 하면 오버일까.

회사를 나와 유빈이 향한 곳은 이주 전만 해도 내 집처럼 드나들던 장소였다.

삼성동에서 노원구 하계동까지는 꽤 먼 거리였지만 프로젝트를 생각하다 보니 금방 도착했다.

병원이 가까워지니 가슴이 살짝 두근거렸다.

"원장님, 안녕하세요. 잘 지내셨어요?"

"어머나, 이게 누구야? 제네스 담당자라고 해서 새로 온 사람인 줄 알았는데. 김유빈 씨, 다른 부서로 간 거 아니었어요?"

사랑산부인과 김이진 원장과 함께 유빈을 가장 아껴 준 노원구 황진주산부인과 황진주 원장이 진료실로 들어온 유빈을 격하게 반겼다.

간호사도 대기하고 있는 환자가 많았지만, 유빈을 바로 진료실에 들여보내 줬다.

진료 시간이 거의 끝났는데도 대기실에 환자가 많은 것을 보자 뿌듯한 기분이 들었다. 처음 산부인과에 왔을 때만 해도 파리조차 날아다니지 않는 병원이었다.

누가 뭐라고 해도 유빈의 작품이었다.

"부서 옮긴 것 맞습니다. 원장님 보고 싶어서 땡땡이치고 놀러 왔습니다."

"호호, 잘 왔어요. 유빈 씨가 다시 우리 담당했으면 좋겠어요."

괜스레 울컥하는 기분이 들었다.

첫 만남은 고객과 영업사원이었지만 원장이 마음을 연 후부터는 이모처럼 유빈을 아껴 줬다.

"그런데 우리 유빈 씨 안색이 별로네. 마케팅 부서가 아주 힘든가 봐."

"하하, 그런가요? 역시 원장님은 못 속이겠네요. 아무래도 영업이 체질에 맞는 것 같습니다."

"일이 잘 안 풀리나 보네요. 고민 있으면 털어놔 봐요."

영업할 때 항상 밝은 모습만 보이려고 노력했다. 하지만 오늘은 위로받고 싶은 기분이었다.

"원장님, 이야기가 길어질 것 같은데 진료 시간 끝날 때까지 기다리고 있겠습니다. 환자들이 더 기다리면 안 될 것 같아서요."

진료가 끝나고 유빈은 다시 마주한 황진주 원장에게 프로젝트에 관한 고민을 털어놨다.

"사람들이 참 웃겨요. 피임약을 왜 터부시하는지. 환자들도 호르몬약이라고 하면 아무 말 없이 처방받아 가는데, 피임약 처방한다고 하면 토끼눈을 뜨고 물어요."

"하아, 그만큼 피임약에 대한 인식이 부족한 것 같습니다."

"호호, 이제야 사람 같네요."

"네? 그게 무슨 말씀이신지……."

"노원구 의사회에서 다른 원장님들을 만나면 가끔 유빈 씨가 주제가 될 때가 있거든요. 걱정 마세요. 좋은 쪽이니까요. 아무튼, 유빈 씨는 항상 웃는 낯이고 힘들어하는 표정도 보인 적이 없어서 우리가 농담으로 로봇 아니냐는 말까지 했어요. 호호. 그런데 오늘 보니까 사람 맞네요."

"오랜만에 왔는데 저 힘든 이야기만 하고…… 죄송합니다."

"괜찮다니까요. 나는 지금의 유빈 씨가 더 좋아요. 친근하게 느껴지고. 힘들 때는 이야기를 해야 수월하게 넘어갈 수 있는 거예요."

"고맙습니다. 원장님."

왜 울컥한 기분이 드는지 알 것 같았다.

누군가로부터 진심이 담긴 위로를 받는 일은 아무리 유빈의 심장이 수련으로 단련되어 있더라도 필요한 것이었다.

"유빈 씨한테 도움받는 동안, 유빈 씨가 실적 때문에 나를 도와준다는 생각을 한 번도 안 했어요. 그런데 지금 유빈 씨의 고민을 들어보면 영업할 때와는 마음가짐이 다른 것 같아요."

유빈도 마음이 담긴 그녀의 충고에 느껴지는 바가 있었다.

뉴욕에서 듀레인 회장과 앤을 만난 이후부터일까.

빨리 프로젝트를 성공하고 뉴욕 본사로 가야 한다는 강박관념이 생긴 것 같았다.

일 자체를 즐기기보다는 3%와 6%라는 숫자에 사로잡혀 초조해진 것이었다.

황진주 원장의 말처럼 만약 실적을 생각하면서 영업했다면 절대 좋은 결과를 만들어 낼 수 없었다.

"원장님이 위로해 주시니 마음이 가벼워지네요."

"다행이네요. 아, 맞다. 세원여대에서 상담하고 나서 어떻게 알았는지 근처 여중, 여고에서 연락이 많이 왔어요. 애들 성교육 해줄 수 있냐고 물어보더라고요."

"아……."

"요즘 애들 성 경험 나이가 점점 어려지잖아요. 그에 비해 성교육은 아직 1960년대 수준이고요."

"……그러셨군요. 그래서 어떻게 하셨나요?"

"하고는 싶었는데 병원도 바쁘고 무엇보다 발표 자료나 기자재 같은 게 없어서 못 하겠다고 했어요."

"음…… 만약에 발표 자료와 기자재가 있다면 해보실 생각이 있으세요?"

"그럼요. 한 시간 정도 시간 내서 가는 거야 어렵지 않죠. 호호."

그녀의 말을 들으면서 유빈은 오프라인 캠페인에 관한 아이디어가 막 터진 유전처럼 솟구쳤다.

"유빈 씨, 내가 여기서 병원을 십 년 넘게 했어요. 그런데 영업사원 중에서 지역을 옮기든, 부서를 옮기든, 아니면 회사를 그만두든 어떤 경우든 간에 일단 떠난 사람이 다시 병원에 찾아온 경우는 없었어요. 유빈 씨가 처음이에요."

"원장님……."

"내가 진료실로 들어오는 유빈 씨 얼굴 봤을 때 얼마나 기분이 좋았는지 알아요? 유빈 씨가 다시 찾아왔다는 건 우리가 단지 의사와 영업사원 사이가 아니라는 증거예요. 유빈 씨 덕분에 다른 영업사원도 친근하게 맞아줄 수 있을 것 같아. 그런 면에서 나한테 유빈 씨는 최고의 영업사원이에요. 그러니까 힘내요!"

황진주 원장에게 거듭 고마움을 표하고 유빈이 병원을 나섰다.

가슴이 뭉클했다. 그리고 머릿속은 개운했다.

조급할 필요도, 숫자에 연연할 필요도 없었다.

지금까지 해온 대로 하면 됐다.

50%?

확률로만 따지면 영업하면서 안 될 일이 더 많았다.

50%를 100%로 만드는 일은 온전히 유빈의 몫이었다.

오프라인 캠페인에 관한 아이디어도 얻을 수 있었다. 현장에 답이 있다는 말이 괜히 나온 말이 아니었다.

병원에서 나오자마자 타이밍 좋게 전화벨 소리가 울렸다.

말과 그림의 박정균 과장이었다.

-PPL 건은 바로 알아봤습니다. 비밀의 정원에서도 다행히 오케이 했고 비용은 3억5천만 원 선입니다. 그쪽에서는 4억을 불렀는데 어떻게든 다운을 시켰습니다.

"고생하셨습니다."

-아닙니다. 그리고 아직 시작하지 않은 두 드라마는 2억

원 선이면 가능할 것 같습니다. 제작자 쪽에서 드라마 작가에게 물어보고 다시 연락 준다고 했습니다.

"드라마 작가와 미팅할 때는 저도 참석하고 싶습니다."

–네? 알겠습니다. 날짜 잡히면 연락드리겠습니다.

유빈은 박정균 과장에게 다시 한 번 신뢰를 느꼈다.

말과 그림의 일 처리 능력은 수준급이었다.

헬스케어 쪽 경험이 없다는 것을 제외하면 다른 분야에서는 더할 나위 없는 능력을 발휘하고 있었다.

전화를 끊고 이동하려는데 다시 전화가 울렸다.

할 말을 다 못했나 하고 생각하는데 전화기 너머서 어색한 이름 발음과 영어가 들려왔다.

–유빈? 앤이에요.

"앤? 앤 해밀턴?"

–뭐예요? 벌써 잊어버린 거예요?

연구소의 누군가가 앤 해밀턴이 통화하는 모습을 보았다면 눈을 비빌 모습이었다. 평소 모든 사람에게 퉁명스럽게 대하는 평소의 그녀와는 완전히 다른 모습이었다.

"아니요. 너무 갑작스러워서. 앤, 잘 지내고 있어요? 반갑네요. 하하."

–반갑게 받아 줘서 고마워요. 전 유빈이 내준 숙제 때문에 바쁜 하루하루를 지내고 있어요. 유빈도 많이 바쁘죠?

"네, 아니라고 말하고 싶지만, 저도 프로젝트 때문에 정신없이 바쁩니다. 그런데 무슨 일이에요? 아, 뉴욕은 지금 몇 시죠?"

–오전 일곱 시예요. 출근길이랍니다. 유빈 씨, 부탁이 있어요.

아침 일곱 시에 전화, 그것도 한국으로 전화한 거라면 뭔가 중요한 일인 것 같았다.

–유빈 씨 말대로 전략 리포트를 올렸더니 통과가 됐어요. 경영진에서 최종 확정은 되지 않았지만, 가능성이 있어요.

"잘됐네요."

전화 목소리에 그녀가 고마워하는 게 전해졌다.

–다 유빈 씨 덕분이죠. 그런데 후속 리포트를 준비하다 보니 신기하다고 해야 하나 우연이라고 해야 하나, 유빈 씨밖에 해결할 수 없는 일이 생겼어요.

"그게 뭐죠?"

–CMO 사업과 바이오시밀러 개발회사를 살펴보다 보니 공교롭게도 한국에 있는 두 기업이 진행 속도가 가장 앞서 있었어요.

유빈도 의외였다.

한국에 있는 기업가 중에 누군가가 통찰력을 가지고 관련 사업을 시작했다는 이야기였다. 아직 바이오시밀러라는 단어 자체가 제약업계에서도 낯선 단어일 텐데.

그 사람이 누군지 궁금했다.

앤의 다음 말에 유빈의 궁금함은 배가 되었다.

–한 곳은 셀아키텍트라고 중소기업 같은데 처음 들어보는 회사예요. 그리고 다른 한 곳은 명성이에요.

"네? 명성이요? 그 명성그룹?"

유빈은 놀라지 않을 수 없었다. 셀아키텍트란 회사는 들어본 적이 없었다. 하지만 대한민국 GDP(국내총생산)의 15%를 차지하는 초거대 기업인 명성이 제약산업에 뛰어들었다니.

생각해 보니 신문에서 명성그룹이 곧 미래 먹거리를 책임질 5대 신수종 사업을 발표한다는 이야기를 본 것 같았다.

–네. 그 2차 전지로 유명한 회사요. 그런데 저는 명성보다는 셀아키텍트라는 곳이 더 신경이 쓰여요. 바이오시밀러 관련한 특허가 장난 아니더라고요.

역시 해외에서는 명성 하면 2차 전지군.

그런데 앤은 명성보다 셀아키텍트라는 곳을 주목하고 있었다.

"그런데 저한테 부탁할 일이 뭐죠?"

–프로젝트 때문에 바쁘다는 건 알지만 유빈 씨 말고는 믿을 사람이 없어요. 유빈 씨가 두 회사를 방문해 주세요.

"네?"

이 여자가 여러 번 놀라게 하고 있었다.

"하지만 제가 어떻게?"

―본사에서 두 회사 쪽으로 연락할 거예요. 미팅을 잡아 놓을 테니까 유빈 씨가 가서 개발 진행 상황이나 투자처로서 유망한가 정도만 알아봐 주면 돼요.

"음, 알겠습니다."

사실 그녀의 부탁이 아니더라도 궁금했다.

―아, 그리고 이번 미팅은 극비 사항이에요. 이야기가 새지 않도록 특히 주의해 주세요.

"네. 그럼 미팅이 잡히면 연락 주세요."

유빈은 잠깐 망상에 잠겼다.

'그런데 상장은 된 회사인가?'

한국의 중소기업에 다국적 제약사인 제네스가 방문한다? 한 줄의 찌라시만으로도 그날 셀아키텍트의 주가는 상한가를 칠 것이다. 조심할 필요가 있었다.

OC(Oral Contraceptive, 피임약) 프로젝트에다 앤의 부탁까지 보통 사람이라면 몸뚱이 한 개, 뇌 한 개만으로는 벅찬 일이었다.

하지만 유빈은 두 가지 미션 모두 최선을 다해 준비하고 있었다. 이미 유빈은 마케팅에서 근무하면서 하루 세 시간 이상 잔 적이 없었다.

원룸에 돌아와 유빈은 오랜만에 긴 시간 호심법에 몰두했다. 조급함을 떨쳐 내니 수련하면서도 마음이 편안했다.

10개월 동안 열심히 했던 자신의 모습을 관조했다.

수련과 전생의 능력이 아니었다면 여기까지 올 수도 없었다. 그러면서 지금의 도전 역시 극복해 낼 수 있다는 자신감이 생겼다.

성취한 것이 많아지고 성공이 쌓이면 자신감은 비례해서 커진다. 지금 유빈이 그랬다.

호흡을 갈무리하며 눈을 뜬 유빈의 눈에 정광이 어렸다. 수련의 경지가 깊어진 것이 느껴졌다.

다만 아직 네 번째 전생과 관련한 풍경은 모습을 드러낼 생각을 하지 않았다. 스승님은 네 번째 전생까지 도달하면 계룡산으로 자신을 찾아오라고 하셨다.

왜 네 번째 전생일까?

스승님은 이미 내 전생을 알고 있는 것은 아닐까?

궁금했지만 유빈은 수련도 일처럼 조급해하지 않았다.

호심법과 완무를 통한 수련뿐만 아니라 제약회사의 일도 유빈에게는 수련의 연장이었다.

도(道)는 산속에 있지 않고 사람 속에 있다는 격언을 유빈은 여실히 깨닫고 있었다.

잠 한숨 안 잤지만, 유빈의 눈빛은 그 어느 때보다 맑았다.

원룸을 나서기 전 유빈이 메일을 다시 한 번 확인했다. 앤과 통화하고 일주일이 지난 그제 메일이 왔다.

Dear. 유빈.

……

두 회사에 대해 조금 더 자세히 알아보려 했지만, 여기서는 알 수 없는 정보가 많아요. 명성은 역시 거대 기업이라 보안이 철저하고 셀아키텍트는 논문 빼고는 검색되는 정보가 아예 없어요.

역시 유빈 씨가 직접 방문하는 수밖에 없는 것 같아요. 바쁘겠지만 부탁해요.

두 회사 모두 인천 송도에 본사가 있어요. 명성은 계열사인 명성바이오로지에서 헬스케어 업무를 진행하고 있고 셀아키텍트는 본사와 공장이 같이 있어요.

두 회사와 투자 건으로 약속을 잡았어요. 그편이 정보를 수집하는 데 더 수월할 거예요. 찾아가면 유빈 씨를 본사 직원이라고 알고 있을 거예요. 약속 시각은…….

본사 직원이라니. 사실은 아니지만, 하루 정도는 연기해 줄 용의가 있었다.

그 약속 날짜가 바로 오늘이었다.

OC 프로젝트로 바쁜 나날이지만 시간을 내야 했다. 부탁이라고 쓰여 있지만 미안해하는 감정이 메일에 담겨 있음을 알 수 있었다.

유빈의 바쁜 스케줄을 고려했는지 앤은 두 회사와 같은 날 약속을 잡았다. 명성은 오전에, 셀아키텍트는 오후였다.

유빈은 이미 읽은 인사말을 건너뛰고 본문을 다시 한 번 정독했다. 인터넷 검색을 해 봤지만, 명성에 대한 결과는 앤과 마찬가지였다.

아무리 명성이라도 아직 헬스케어 쪽은 언론에서 그다지 다루지 않고 있었다. 셀아키텍트 역시 비상장 회사라서 베일에 가려져 있었다.

역시 직접 부딪쳐 보는 수밖에 없었다.

생각보다 먼 거리였다.

삼성역에서 지하철을 타고 출발해 두 번 라인을 환승하고 급행버스로 갈아타서야 근처에 도착할 수 있었다.

10분 정도 걸어가다 보니 명성바이오로지가 보이기 시작했다.

피곤할 만도 하건만 유빈은 쌩쌩했다.

오히려 궁금함에 가슴이 살짝 뛰었다. 국내 회사의 바이오시밀러 연구가 얼마나 진행하고 있는지 빨리 보고 싶었다.

명성이 제대로 방향을 잡았다면 풍부한 자금력과 추진력으로 2차 전지를 뛰어넘는 성장을 할 수 있었다.

유빈이 기대를 안고 회사 안으로 들어갔다. 아니, 들어가려 했지만, 제복을 입은 건장한 경비원에 의해 제지되었다. 약간의 위압감이 섞여 있었다.

"여기 함부로 들어오시면 안 됩니다."

"제네스에서 왔습니다. 약속되어 있습니다."

"약속되어 있다고요?"

경비원이 고개를 갸웃거리며 인터폰을 들었다.

길을 잃은 사람 정도로 생각했다. 지금까지 방문했던 손님 중에 두 발로 걸어 들어온 사람은 없었기 때문이었다.

경비원의 커다란 목소리가 유빈에게도 또렷이 들렸다.

"제네스라는 곳에서 왔다고 합니다. 아니요. 걸어왔습니다. 네. 네. 혼자입니다. 아, 알겠습니다."

"실례했습니다. 이쪽으로 오시죠. 제가 안내해 드리겠습니다."

90도 각도로 고개를 숙이는 180도 달라진 경비원의 태도에 쓴웃음이 지어졌다.

명성바이오로지, 첫인상부터 별로였다.

“뭐? 혼자서 왔다고?

“네. 30대 초반으로 보이는 남자랍니다. 그리고 걸어서 왔답니다.”

“뭐야. 이거. 도대체 무슨 상황이야.”

대규모 투자 방문단을 기대하던 김승한 부사장이 보고를 받으며 인상을 찌푸렸다.

“부사장님, 애초에 우리가 제네스로부터 투자받을 필요가 있습니까? 본사에서의 투자로도 충분한데요.”

양관희 상무가 도통 이해가 안 된다는 듯이 물었다.

“나도 그렇게 생각하지만. 그래도 그룹 본사에서 내려온 지침이니까 따라야지. 흐음, 한 명이라…….”

“투자단이 본격적으로 방문하기 전에 사전실사를 온 건 아닐까요?”

“그런가? 그렇겠지? 우리 명성에 오는데 달랑 한 명이 투자단으로 오는 건 말이 안 되지. 그럼 내가 안 나서도 되겠네. 양 상무 자네가 투어 한 번 시켜 주고 점심때 맞춰서 데리고 와. 점심 먹여서 보내면 되겠네.”

"알겠습니다. 부사장님."

손님을 맞은 양 상무가 유빈을 요리조리 살폈다.

가까이서 보니 30대는커녕 20대 중후반 정도로 보이는 외모였다. 아무리 사전실사라 해도 너무 젊다. 게다가 혼자라니.

"제네스 김유빈입니다."

"명성바이오로지 경영지원실장 양관희 상무입니다. 그리고 이쪽은 실무진인 김홍석 차장입니다. 그런데 직급이……."

"프로젝트 매니저입니다."

"아, 네."

유빈은 양 상무가 무슨 생각을 하는지 대략 알 것 같았다. 그의 오라는 유빈에 대한 혼란과 의심 그리고 한편으로는 못마땅함이 가득했다.

명성에 대한 자부심과 함께 이렇게 젊은 사람을 상무인 자신이 수행해야 하나, 하는 못마땅함일 것이다.

하지만 유빈은 그의 장단에 맞춰 줄 생각이 없었다.

"상무님, 제가 다른 기업 방문도 약속되어 있어서 시간이 많지 않습니다."

"아, 그러시군요. 먼저 시설을 한번 둘러보시죠. 이동하면서 설명하겠습니다."

"명성바이오헬스케어는 생산을 담당하는 바이오로지와, 연구 개발을 담당하는 바이오에펙스로 나뉘어 있습니다."

실제로 설명하는 사람은 실무진인 김홍석 차장이었다. 양 상무는 뒤에서 뒷짐만 지고 있었다.

"바이오에펙스에서 주로 연구하는 방향은 어느 쪽인가요?"

"유전자 치료 분야입니다."

"유전자 치료요?"

기대와는 완전히 다른 답변이었다.

"더 자세한 내용은 사업기밀이라 자세히 말씀드릴 수가 없습니다."

별로 궁금하지도 않았다. 벌써 실망감이 스멀스멀 올라왔다.

유전자 치료 분야는 아직 기약이 없는 분야였다.

연구 실적이 나오더라도 상용화하는 데 십 년 이상 걸릴 수 있는 미래의 의료기술이었다.

백 년 이상의 신약 개발 경험을 가진 다국적 제약회사도 시기상조라고 여기는 유전자 치료였다. 만약 명성이 개발해 낸다면 대박이겠지만, 그러기에는 인프라도, 전문 인력도 부족한 것이 사실이었다.

"CMO 사업을 준비 중이라고 들었습니다."

더 들을 필요가 없어 유빈은 주제를 바로 바꿨다.

"네, 현재 단백질 치료제의 위탁생산사업을 목적으로 1공장을 건설 중입니다. 동물세포 배양설비 기준으로 3만 리터급입니다. 올해 말이면 완공될 예정입니다."

"CMO 사업을 선택한 이유가 있나요?"

"네? 아, 그건……."

"그건 이사회에서 결정된 사안입니다. 아직 공식적으로 발표는 안 했지만 헬스케어가 명성의 5대 신수종 사업에 포함되어 있습니다. 몇 달 전 의료기기 회사를 인수한 것도 같은 맥락에서죠."

유빈의 질문에 난처한 표정을 지은 김 차장을 대신해 양 상무가 나섰다.

"무슨 의미로 말씀하시는지 알겠습니다. 그런데 제 질문에 대한 답은 아닌 것 같군요. 저는 CMO 사업에 관해서 물어본 겁니다."

잠시 침묵이 흘렀다.

"글쎄요. 저는 오히려 질문의 의미를 잘 모르겠군요. 사업하는데 이유가 있다면 이익이 나기 때문이지 않을까요? CMO 사업이 반도체와 마찬가지로 명성이 잘할 수 있는 분야라 생각했기 때문에 착수한 겁니다. 그리고 우리 명성바이오로지에서는 CMO 사업보다 원료의약품 사업에 집중하고 있습니다."

드러내지는 않았지만 젊은 놈이 사업에 대해 뭘 알겠느냐는 듯한 투였다.

"……그렇군요. 잘 알겠습니다. 투어는 이 정도면 될 것 같습니다."

유빈의 눈빛이 가라앉았다.

뭐 때문에 그런 질문을 하느냐는 듯한 양 상무의 답변에 유빈은 국내 최고의 기업에 대한 기대가 완전히 사라졌다. 제조업인 반도체와 바이오산업을 비교하다니.

더 들을 필요가 없었다.

명성의 누군가 비전을 가지고 CMO 사업을 시작한 줄 알았더니 소가 뒷걸음치다 쥐 잡은 격이었다.

"그러면 부사장님하고 식사 자리를 마련했는데 이동하시죠."

"점심은 괜찮습니다. 부사장님만 잠깐 뵙고 가죠."

"점심이라도 같이하시죠."

김한승 부사장이 일어서려는 유빈을 잡았다.

"다음 스케줄이 있어서요. 감사합니다."

"아, 그럼 투자단의 방문은 언제쯤이 될까요?"

"투자단이요? 무슨 말씀이죠?"

"사전실사를 했으니 투자 논의를 해야 하지 않겠습니까?"

"아……."

유빈은 김한승 부사장이 어떤 오해를 했는지 알 수 있었다.

"그건 제가 올린 보고서에 따라 다르겠죠."

김한승 부사장과 양관희 상무가 유빈의 대답에 순간 움찔했다. 유빈의 대답으로만 보면 그의 의견이 중요하다는 말이었다.

"하하, 그렇군요. 이거 중요한 분을 제가 소홀히 대접한 건 아닌지 모르겠습니다. 저도 윗선에 보고해야 해서 그런데 힌트라도 주시면 감사하겠습니다. 하하."

김한승 부사장이 조금 전과 사뭇 다른 태도로 능글맞게 이야기했다.

"음, 솔직히 말씀드려도 됩니까?"

"그럼요. 그럼요."

"기분 나쁘게 듣지 않으셨으면 좋겠군요. 지금 제 생각대로 리포트가 올라가면 투자단이 명성바이오로지에 올 일은 없을 겁니다."

"네?"

"제네스에서 투자하려고 하는 기업은 비전이 있는 바이오기업입니다. 제가 보기에 명성바이오로지는 미래에 대한 청사진이 부족한 것으로 보입니다."

"……어떤 면이 그런가요?"

유빈의 솔직한 대답에 충격을 받은 듯한 김한승 부사장이 가까스로 입을 열었다.

"유전자 치료를 주요 연구 개발 주제로 삼은 것은 둘째 치고 원료의약품 사업이라뇨. 이미 중국과 인도의 기업에서 원료의약품 사업에 뛰어들었습니다. 알고 계셨나요?"

"그거야……."

"기술이 앞서 있는 반도체도 몇 년 후면 중국에 따라잡힐 판입니다. 인건비가 우리나라와 비교도 안 되게 싼 인도는 물론이고 자금력으로 밀어붙이는 중국 기업이 미리 사업하고 있습니다.

"우리도 그 정도는……."

유빈은 김한승 부사장이 말할 틈을 주지 않았다. 그의 입에서 나오는 말은 어차피 확신 없는 말뿐이었다.

"지금 명성이 원료의약품 사업에 뛰어든다 하더라도 파이를 조금 나눠 가질 수 있는 게 전부입니다. 왜 그런 진흙탕에 발을 담그려고 하는지 이해가 안 되는군요. 그리고 바이오산업은 제조업과는 완전히 다른 분야입니다. 비전 없이 CMO 사업을 시작하려고 하는 것도 이해가 안 됩니다. 이게 제가 쓸 리포트의 주요 내용입니다."

"……."

"한 가지만 더 말씀드리면 투어를 하면서 굉장히 불쾌했습니다. 제 나이와 직급이 그렇게 중요합니까? 명성이 굴러 들어온 안달로이드를 놓치고도 아직도 이런 기업 문화라는 게 아쉽군요."

유빈의 말에 김 부사장이 양 상무를 노려봤다.

그가 처절하게 고개를 저으며 부인했지만, 유빈이 인사하고 나가자 고함치는 소리가 들려왔다.

기대가 큰 만큼 아쉬움도 컸다.

바이오산업에 대해 제대로 이해하고 가치를 아는 사람이 명성에 있었다면 대한민국의 경제도 조금은 나아질지 몰랐다. 그저 안타까울 뿐이었다.

유빈이 들어올 때처럼 걸어서 명성바이오로지를 나섰다. 경비원이 깍듯하게 경례를 했다.

"경비원 아저씨, 앞으로는 뚜벅이라고 무시하면 안 됩니다."

"네, 네. 죄송합니다."

당황해하는 경비원을 뒤로하고 유빈이 다음 행선지인 셀아키텍트로 향했다.

유빈은 셀아키텍트로 버스를 타고 가면서 명성바이오로지에서의 행동을 곱씹어 봤다.

그렇게 심한 말을 할 필요는 없지 않았을까.

아니다.

그것은 안타까움의 발로였다.

명성바이오로지가 가지고 있는 장점.

자금력, 기업인지도, 추진력 등등을 제대로 활용하면 세계 10대 제약회사에도 도전해 볼 가능성이 있었다.

통찰력 있는 리더가 제대로 회사를 이끈다면 우리나라에서도 세계적으로 알아주는 제약회사가 나올 수 있었다.

하지만 기대와는 정반대였다.

그들은 반도체와 2차 전지로 대표되는 제조업의 영광, 그러니까 과거에서 벗어나지 못하고 있었다. 그리고 미래를 제대로 보고 있지 않았다.

'만약 나라면, 만약 내가 명성바이오로지의 대표라면'이라는 생각이 계속 유빈의 머릿속을 맴돌았다.

한편으로 셀아키텍트에 대한 기대도 낮아졌다.

제약산업 특히 바이오산업으로만 보면 우리나라는 후진국이나 다름없다. 이런 환경에서 바이오시밀러의 개발에 성공할 수 있다면 그것은 개천에서 용 나는 것보다 어려운 일이었다.

신기하게도 아니 공교롭게도 앤이 찍은 두 회사가 버스로 20분, 2㎞도 안 되는 거리에 자리 잡고 있었다.

유빈은 머릿속에서 명성을 지워 버렸다.

셀아키텍트 건물이 보이자 과연 어떤 회사일까 하는 궁금증이 점점 커졌다.

"환영합니다."

정문에서 유빈을 맞은 사람은 정장을 입은 거구의 남자였다. 얼굴이 검고 사람 좋아 보이는 미소를 띤 그가 유빈이 다가오자 솥뚜껑만 한 손을 내밀었다.

유빈은 그와 인사를 나누며 두 번 놀랐다.

거구의 남자를 둘러싸고 있는 오라가 다니엘 듀레인 회장 이상으로 밝게 빛나고 있었다.

"서우석입니다."

서우석이라면 셀아키텍트의 창업자이자 현 회장이었다. 회장이 직접 유빈을 맞으러 나온 것이었다.

유빈은 한 번 더 자세를 가다듬었다.

"본사에서 오신다길래 외국 분인 줄 알았더니 우리나라 사람이군요. 하하. 다행입니다. 제가 영어는 영 자신이 없어서요."

"회장님께서 직접 나와 계실 거라고는 생각도 못 했습

니다."

오전에 명성에서 받은 대우 때문에 셀아키텍트의 대접이 남달라 보였다.

기업의 회장이 마중을 나온다?

한국 사람의 마인드로는 거의 불가능한 일이었다.

"아닙니다. 저야말로 김유빈 씨를 만나니 기분이 아주 좋습니다. 하하."

"네? 왜 기분이 좋으신가요?"

서우석 회장의 호탕한 웃음에 유빈이 고개를 갸웃거렸다.

"제네스라는 굴지의 제약회사에서 이렇게 중요한 일을 맡아서 나온 분이 우리나라 사람이지 않습니까. 게다가 이렇게 젊은 분이니 미래가 얼마나 창창하겠습니까."

"아……."

유빈은 몇 마디로 서우석 회장이 애국자라는 걸 알 수 있었다. 게다가 그는 그 몇 마디로 분위기도 좋게 만들었다.

지금 서우석 회장이 보여 주고 있는 행동은 평소라면 유빈이 하고 있을 일. 바로 영업의 도입부였다.

"제가 해외를 여러 번 다녀 보니 동양 사람이 외국 기업의 본사에서 인정받는 일이 굉장히 어려운 일이라는 것을 알았습니다. 서양 사람보다 능력이 몇 배는 돼야 가능한 일이죠."

"과찬이십니다."

유빈은 분위기를 거스르지 않고 그의 의도대로 대화의 흐름을 탔다. 서우석 회장도 첫 만남이 유쾌했는지 약간의 긴장이 느껴졌던 오라가 편안해졌다.

"사무실에서 이야기를 나누는 것보다는 회사를 둘러보면서 직접 눈으로 보시는 편이 빠를 겁니다."

실무진이 조금 멀리서 두 사람을 따라왔지만 둘의 대화에 끼어들지는 않았다.

서우석 회장의 배려? 아니, 치밀함이 느껴졌다.

회장이라는 사람이 직접 투어를 시켜 주는데 집중하지 않을 수가 없었다.

그의 한 마디 한 마디에서 회사에 대한 자부심과 자신감이 느껴졌다.

"회장님, 혹시 전에 영업 관련 일을 하셨나요?"

유빈 역시 가만히 있을 수는 없었다.

본론에 들어가기에 앞서 가볍게 답할 수 있는 질문을 던졌다.

서우석 회장의 눈이 동그래졌다.

"아니, 그걸 어떻게 아셨습니까? 전에 다니던 회사에서 자동차판매 컨설팅 일을 했습니다."

"아, 그러셨군요! 사람을 편하게 해주는 모습이 너무 자연스러워서 여쭤 봤습니다. 저도 얼마 전까지 영업일을 했습니다."

"오, 그렇습니까? 역시 그랬군요. 영업을 경험해 본 사람은 대화해 보면 바로 알 수 있지요. 우리나라 사람들은 영업을 하찮게 보는 경향이 있는데 정말 잘못된 생각입니다."

서우석 회장이 유빈의 눈을 마주 봤다.

겉으로 표현하지는 않았지만, 유빈의 정체가 자못 궁금했다. 농담으로 넘어가기는 했지만 제네스 본사를 대리해서 방문한 사람이 한국 사람일 거라고는 예상하지 못한 바였다.

게다가 말도 안 되게 젊을뿐더러 바이오산업에 대한 지식도 풍부했다. 그리고 지금은 영업일까지 했다고 말하고 있었다.

"저도 그렇게 생각합니다."

유빈이 격하게 고개를 끄덕였다. 이렇게 자신과 생각이 통하는 사람은 처음이었다.

그러는 사이 본격적인 공장 투어가 시작되었다.

"단백질 치료제를 생산할 수 있는 제1공장은 5만 리터급으로 현재 가동 중입니다. CMO가 현재 셀아키텍트의 주력 사업입니다."

"풀로 가동하는 것 같지는 않군요."

꼼꼼히 직원들의 동선과 시설을 살펴본 유빈이 공장 상황을 짚어 냈다.

"으음, 맞습니다."

"아직 회사의 인지도가 낮다 보니 우리가 원하는 대규모 수주는 못 하고 있습니다."

말의 내용과는 달리 서 회장은 별로 걱정하는 표정이 아니었다.

"네, 그런데 저쪽에 터를 닦고 있는 곳은 무슨 용도인가요?"

유빈이 한창 공사가 진행 중인 부지를 가리켰다. 1공장 부지보다 훨씬 커 보였다. 1공장이 완전히 가동을 못 하고 있는데 새로운 공장을 세운다? 물어보지 않을 수 없었다.

"제2공장 부지입니다. 9만 리터급으로 만들 계획입니다. 1공장도 완전히 가동이 안 되는데 이해가 잘 안 되겠죠."

유빈이 잠시 생각을 했다.

만약 서우석 회장의 계획이 지금 그가 하는 생각과 같다면 셀아키텍트는 정말로 기대해 볼 만한 기업이었다.

"제 추측을 잠시 말씀드려도 될까요?"

"물론입니다. 경청하겠습니다."

"제 추측으로는 회장님은 현재 항체의약품을 개발하는 회사와 계약을 진행하고 있을 겁니다. 여러 가지 상황을 고려해 봤을 때 그 회사가 GMS 아닌가요?"

"……알고 오신 건가요? 아직 아는 사람이 없을 텐데……."

처음으로 서우석 회장의 눈동자가 흔들렸다.

GMS와의 계약은 극비 사항이었다. 그가 직접 GMS 본사가 있는 영국으로 가서 따낸 계약이었다.

"역시 제네스군요. 아직 발표도 하지 않았는데……."

"아닙니다, 회장님. 오해하신 것 같군요. 조금 전 말은 순전히 제 추측입니다."

"네? 하지만……."

"전 세계 항체의약품의 판매량과 각 제약회사의 공장 캐파 그리고 진행된 CMO 계약을 따져 봤을 때 GMS의 류마티스성 관절염 치료제인 이렌지아가 공급량이 부족할 거라고 예상할 수 있었습니다."

"허, 대단하시군요. 그만한 정보로 추측할 수 있다니."

"셀아키텍트와 같이 아직 규모가 크지 않은 회사가 2공장을 만든다면 확실한 계약이 있다고밖에 생각할 수가 없었습니다. 게다가 2공장에 대해 말씀하시는 회장님의 태도에서 별다른 걱정은 느끼지 못했고요."

서우석 회장이 순수하게 놀란 표정을 지우지 못했다.

"역시 제네스 본사의 투자 전문가군요. 2공장의 공사현장만 보고도 그 사실을 알 수 있다니 정말 놀랍습니다."

"하하, 투자 전문가는 아닙니다."

유빈은 서 회장에게 자신의 소속을 솔직히 말하고 싶었지만, 좋은 생각은 아닌 것 같았다.

서우석 회장은 유빈이 그저 겸손을 떠는 것으로 생각했다.

"항체의약품 사업을 잘 아시는군요."

"제약업계의 새로운 트렌드니까요. 아직 유방암이나 혈액암에 한정적이지만 부작용 없이 암을 치료하고 치료제가 마땅치 않았던 자가면역질환에도 뛰어난 효능을 보이지 않습니까."

"흐음, 하지만 문제는 역시 비싼 가격이죠."

유빈은 잠시 답을 미뤘다. 하지만 물어볼 수밖에 없는 질문이었다.

"바이오시밀러를 생각하시나요?"

서우석 회장의 거구가 살짝 떨렸다.

기계공학을 전공한 그는 바이오나 제약과는 거리가 먼 사람이었다. 하지만 다니던 대기업이 IMF로 도산하고 새로운 사업 아이템을 찾기 위해 일 년간 미국에서 아이디어를 찾았다.

치열한 탐구 끝에 바이오산업의 유망함을 확인하고 바이오시밀러에서 미래를 봤다.

하지만 바이오산업의 불모지인 한국에서 사업하기에는 너무나 힘든 환경이었다. 그래서 생각한 수익 모델이 CMO 사업이었다.

위탁생산을 하면서 선진 제약회사의 단백질 치료제 개발 기술을 습득하고 동시에 수익으로 바이오시밀러를 개발하려는 계획이었다.

그는 십여 년 동안 투자받기 위해 바이오시밀러의 가능성에 대해 설파해 왔지만, 그의 말에 귀 기울이는 사람은 없었다. 그야말로 외로운 길이었다.

그런데 한 젊은이가 그가 말하기도 전에 바이오시밀러를 이야기하고 있었다.

전율이 흘렀다.

"크흠, 맞습니다."

유빈이 웃으며 고개를 끄덕였다. 그 모습에 서우석 회장도 환한 미소를 지었다. 같은 미래를 보고 있는 동지 같은 느낌이랄까.

둘은 시간 가는 줄 모르고 바이오시밀러에 대한 심도 있는 대화를 나눴다.

셀아키텍트의 바이오시밀러 개발은 상당히 진행되어 있었다. 전 세계의 어떤 회사보다 빠른 진행 속도였다.

서우석 회장은 정말 대단한 사람이었다.

유빈은 그의 이야기를 들으면 들을수록 감탄을 금치 못했다.

"솔직히 말씀드리면 바이오산업이 이렇게 돈이 많이 들어가는 사업인 줄 알았으면 다시 생각해 봤을 겁니다. 하하."

웃고는 있지만, 그동안 서우석 회장이 얼마나 고생했는지 알 것 같았다.

"그런데도 제가 왜 우리나라의 바이오산업에 희망을 품고 있는 줄 아십니까?"

"음, 사람인가요?"

유빈이 잠시 뜸을 들이다 답했다.

"역시, 맞습니다."

"회장님도 저와 같은 생각이셨군요. 저도 우리나라 바이오산업에 희망이 있다고 생각합니다. 80년대, 90년대에는 우리나라의 최고 인재들이 공대로 몰렸죠. 그래서 자동차, 반도체를 비롯한 제조업에서 최고의 활황을 누릴 수 있었죠."

"제대로 보셨군요. 그에 비해 90년대 이후부터는 공부를 가장 잘하는 학생들은 의약계로 몰리고 있죠. 뛰어난 인력이 당연히 많아질 수밖에 없는 것입니다."

척하면 척이었다.

서우석 회장이 아쉽다는 듯이 유빈을 쳐다봤다.

이렇게 뛰어난 젊은이와 함께 일할 수 있다면 하는 생각이 머릿속에 계속 맴돌았다.

두 사람은 주고받듯이 대화를 계속 이어 갔다.

"지금 셀아키텍트의 연구원들은 그린크로스에서 백신을 개발한 경험이 있는 전문 인력입니다. 제대로 대우해 주면서 스카우트해 왔죠."

"돈이 만만치 않게 들었겠군요."

"CMO 사업을 수주하기 전에는 사채까지 끌어 쓸 정도였습니다. 같이 일을 시작한 경영진에게 월급을 주지 못한 달이 허다했습니다. 하지만 연구팀에게 줄 돈은 어떻게 해서든 마련했죠. 그 당시에는 대기업에 회사를 넘길까도 생각했었습니다."

직원들에게 제대로 월급을 주지 못하니 얼마나 괴로웠을까. 자식 같은 회사를 넘길 생각을 하는 것도 충분히 이해가 갔다.

'그래서 직접 마중을 나왔구나.'

서우석 회장에게 투자는 직원들을 제대로 대우해 주고 바이오시밀러를 개발하기 위한 밑바탕이었다.

투자를 받기 위해 전 세계를 돌아다녔는데 제네스라는 거대 회사가 직접 투자 문의로 찾아온다고 하니 그로서는 버선발로 반길 상황이었다.

"실제로 명성그룹과 미팅을 하기도 했죠."

"명성이요?"

"네, 하지만 터무니없는 인수 가격을 제시하더군요. 그 돈에는 절대 회사를 넘길 수 없었습니다."

"그랬군요."

"혹시 오는 길에 명성바이오로지를 보셨나요?"

"네, 봤습니다."

유빈은 굳이 방문했다는 이야기까지는 하지 않았다.

"우리나라 대기업은 해외의 IT 기업과 다르게 스타트업을 인수하는 데 매우 인색합니다. 그들의 방식은 유망한 회사가 있으면 똑같은 사업을 진행해 인력을 빼 가고 결국에는 망하게 합니다. 그리고 다시 헐값에 인력을 흡수하는 거죠."

"설마 명성이 CMO 사업을 시작한 이유가……."

"네, 제 프리젠테이션을 듣고 난 이후에 시작한 거죠."

유빈이 고개를 절레절레 흔들었다.

서우석 회장의 말을 듣고 나니 명성바이오로지의 현재 상황을 이해할 수 있었다. 그저 따라 한 사업이다 보니 비전이 있을 리가 없었다.

"투자를 받기 힘들었나요?"

"매출이 발생하지 않으니 국민연금은 물론이고 은행, 기관 모두 투자를 하지 않았습니다. 겨우겨우 일본의 기업과 유럽의 투자 기관으로부터 투자를 받아서 버텼습니다."

"흐음……."

유빈이 잠시 생각에 잠겼다.

명성바이오로지와 셀아키텍트를 방문한 이유는 순전히 앤의 부탁을 들어주기 위해서였다. 그리고 그 뒤에는 제네스를 위하는 마음이 들어 있었다.

하지만 서우석 회장과 대화하면서 그와 셀아키텍트를 정말 도와주고 싶어졌다.

제네스와 셀아키텍트가 동시에 이득이 되는 방법.

유빈은 그것을 고심하고 있었다.

“저는 오늘 회장님께 보고 들은 바를 그대로 본사에 리포트할 생각입니다. 리포트를 보고 투자를 결정하는 것은 경영진의 몫이기 때문에 확답을 드릴 수는 없습니다.”

“당연한 말씀입니다.”

“만약 투자 제의가 들어온다면 셀아키텍트에서 선택할 방법은 세 가지입니다. 첫 번째는 제값을 받고 회사를 넘기는 일입니다. 제네스의 자회사로 바이오시밀러 연구를 계속하는 거죠.”

“음…….”

“하지만 회장님의 열정을 보니 이 방법은 저도 싫습니다. 우리나라에서 어떤 회사가 세계 10대 제약사가 될 가능성이 있느냐고 누가 묻는다면 저는 지금부터 셀아키텍트라고 망설이지 않고 답할 수 있습니다.”

“허허…… 그런 과찬을…….”

서우석 회장이 미소를 숨기지 못했다. 유빈의 말이 아부가 아닌 진심임을 알았기 때문이었다.

"두 번째는 오픈 이노베이션입니다."

"오픈 이노베이션이요?"

"네. 기술을 수출하는 방법입니다. 바이오시밀러 개발 기술 노하우의 일부를 다른 제약회사에 이전하는 것만으로도 상당한 금액을 받을 수 있을 겁니다. 하지만 회장님의 표정을 보니 별로 안 땡기는 모양이군요."

유빈이 서 회장의 오라를 슬쩍 살폈다.

"하하, 이제는 제 마음도 읽으시는군요. 솔직히 그렇습니다."

"그럼 마지막 방법입니다. 차후에 바이오시밀러가 개발되고 각국의 기관에서 허가를 받으면 판매를 해야 하는데 셀아키텍트는 판매망이 없지 않습니까."

"그렇습니다."

"다국적 제약사와 독점 판매 계약을 하면서 투자받는 것입니다. 판매망이 튼튼한 제네스 같은 회사와 계약한다면 매출도 순조로울 것입니다."

"오, 그런 방법이……."

서우석 회장의 눈빛이 초롱초롱해졌다.

그도 고민하고 있던 내용이었다. 신약의 품질도 중요하지만, 영업력 또한 매출을 결정짓는 절대적인 요소였다. 유빈의 세 번째 제안이 성립된다면 투자는 물론이고 차후에 판매망까지 확보할 수 있었다.

서우석 회장은 유빈을 맞을 때와 마찬가지로 정문까지 배웅했다.

"김유빈 씨, 혹시 제네스에 마음이 떠나면 언제든지 저한테 연락 주십시오. 자리를 비워 놓겠습니다. 이건 정말 진심입니다. 같이 일해 보고 싶군요."

"제안만으로도 감사합니다, 회장님. 하지만 저는 제네스에서 일해야 할 중요한 이유가 있습니다. 나중에라도 제 목적이 달성되면 그때는 생각해 보겠습니다. 마음만으로도 정말 감사합니다."

"마음만이 아닙니다. 하하."

서우석 회장은 정말 아쉬운 눈초리로 유빈을 쳐다봤다. 제네스에서 투자받지 못해도 상관없었다. 유빈을 안 것만으로도 그에게는 큰 이익이었다.

"셀아키텍트의 바이오시밀러가 세계 최초로 EMA와 FDA의 허가를 받는 날을 고대하겠습니다."

유빈 역시 마찬가지였다.

왠지 서우석 회장과의 인연이 이걸로 끝날 것 같지는 않았다.

서우석 회장과의 뜻깊은 만남을 뒤로하고 집에 돌아온 유빈은 앤에게 이메일로 짧은 보고서를 보냈다. 물론 명성바이오로지는 신경 쓸 필요 없다는 내용과 함께 셀아키텍트에 관한 투자 의견을 첨부했다.

유빈은 이 짧은 이메일이 후에 어떤 파장을 일으킬지 보내는 당시에는 알 수 없었다.

27장
본격적인 행보

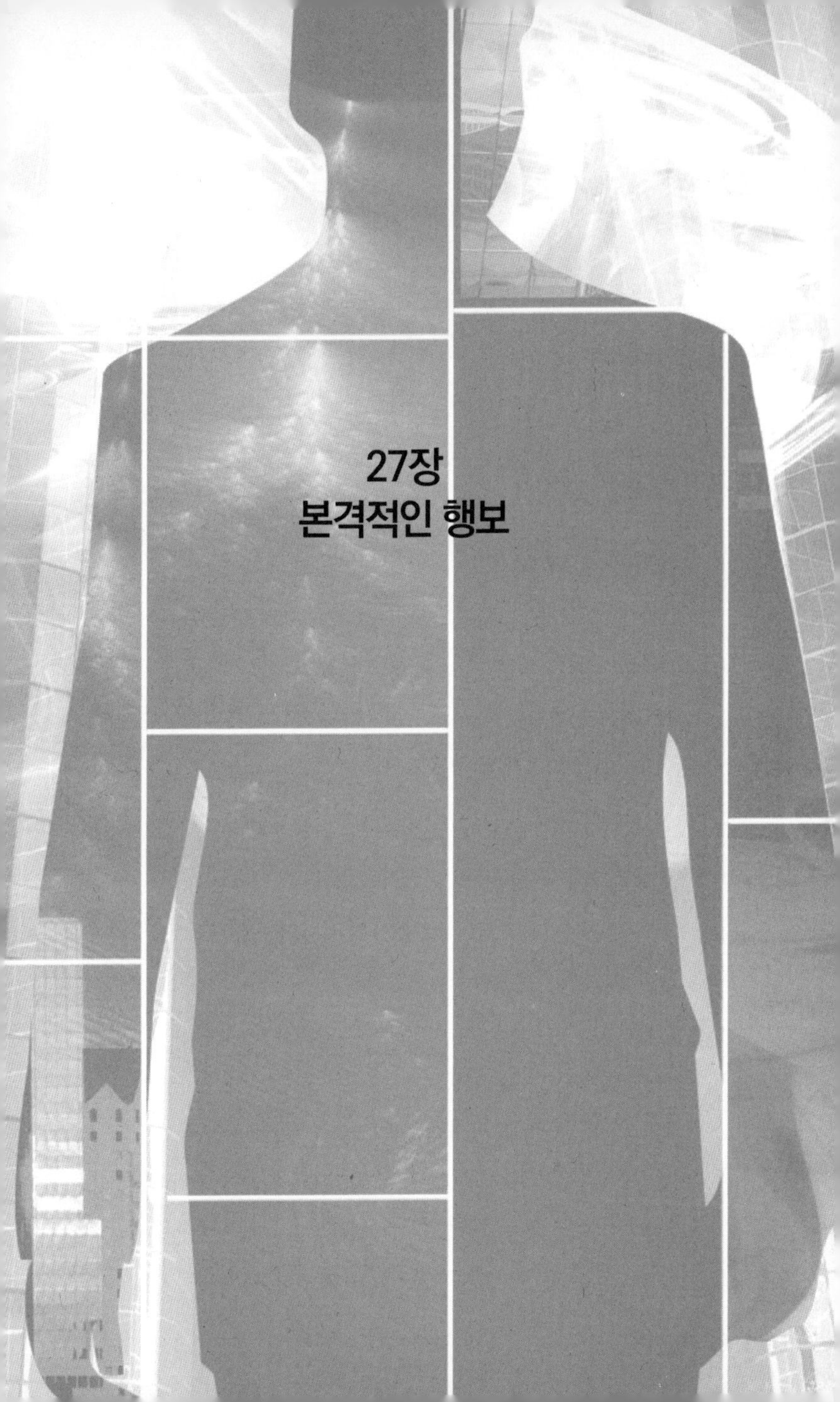

유빈은 앤의 부탁을 깔끔하게 처리하고 OC프로젝트에 집중했다.

듀레인 회장과 서우석 회장과의 만남은 유빈의 시야를 넓히는 데 도움을 줬다. 프로젝트와 에이전시를 어떻게 끌어가야 할지 큰 그림이 그려졌다.

이제는 정말 프로젝트에 집중해야 할 때였다.

프로젝트의 성공은 유빈이 뉴욕 본사로 가기 위한 초석이기도 했지만, 만약 실패한다면 제네스 코리아의 권력 지도를 바꿀 수도 있는 양날의 검이었다.

심적으로 부담이 될 수밖에 없었다.

그런데 배가 출발하자마자 예상하지 못한 암초가 발목을

잡았다.

말과 그림의 박정균 과정은 안절부절못하며 유빈의 표정을 살폈다.

"비밀의 저, 정원 측에서 연락이 왔습니다."

"어떻게 된 거죠?"

박정균 과장이 면목 없다는 듯이 고개를 숙였다.

"같은 회사의 캠페인을 모두 진행하기에는 무리라는 변이었습니다."

"같은 회사라면……."

"제네스 코리아 항암사업부에서 간암 예방 캠페인으로 PPL을 타진했다고 합니다."

"속상해요. 우리가 먼저 컨택했는데!"

송승연 대리가 옆에서 분통을 터뜨렸다.

항암사업부라. 뭔가 냄새가 났다.

최상렬이 이대로 가만히 있지는 않을 거라고는 생각했다. 최석원 사건으로 볼 때, 그는 냉철하면서도 앞을 볼 줄 아는 사람이었다.

유빈이 만약 프로젝트를 통해 피임약 복용률을 1% 이상 증가시키더라도 항암사업부의 더 큰 성공으로 이슈를 덮고 여성건강사업부 축소라는 자신의 주장을 밀어붙일 계획인 것 같았다.

'그래도 나름 젠틀한데?'

유빈은 최상렬이 조금 더 더러운 방법으로 일을 방해할 줄 알았다.

그래도 방심은 금물.

겉으로는 공정 경쟁하는 척하면서 뒤로는 구멍을 충분히 파 놓을 수 있는 사람이었다.

유빈은 더는 그에게 끌려다닐 생각이 없었다.

최상렬의 의도는 알았지만 구체적인 계획은 아직 알지 못했다. 그걸 파악할 필요가 있었다.

"매니저님?"

생각에 잠긴 유빈을 박 과장이 불렀다.

"아, 죄송합니다. 잠시 다른 생각을 하느라…… 역시 금액에서 차이가 났군요."

"네…… 그쪽에서는 디스카운트 없이 4억5천만 원에 계약했다고 합니다. 게다가 보건복지부에서도 캠페인을 같이 진행하기로 해서 명분 면에서도 밀렸습니다."

"괜찮습니다. 과장님. 얼굴 피세요. 과장님이 잘못한 게 아니잖아요."

"그래도……."

"차라리 잘됐습니다."

잠시 생각한 유빈의 표정이 단단해졌다.

"네? 뭐가……."

"안 그래도 PPL 하나에 3억5천만 원을 쓰기가 아깝다고 생각했습니다. 플랜 비로 가죠."

박 과장을 편하게 해주려고 말은 그렇게 했지만, 의도한 대로 PPL만 나온다면 3억5천도 아깝지 않았다.

프로젝트 플랜에서 PPL은 꼭 성공시켜야 할 단계였다.

유빈은 프로젝트 매니저로 임명되고 계획을 짜기에 앞서 복용률이 오르지 않는 이유를 찾았다.

산부인과 원장과의 대화, 여러 가지 설문조사, 그리고 주변 여성들의 이야기를 통해 내린 결론은 바로 '인식'이었다.

피임약은 나쁘다는 인식.

서양과는 달리 왜 한국에서 그런 인식이 만들어졌을까?

유교 문화, 잘못된 성 의식, 약에 대한 거부감, 잘못된 정보 등등에 의해 수십 년간 굳어진 인식이 피임약에 작용하고 있었다.

인식을 좋게, 아니, 최소한 중립 또는 필요하다는 정도로만 바꿀 수 있으면 복용률은 자연스럽게 올라갈 것이었다.

인식을 바꾸는 방법.

바로 떠오르는 게 있었다.

마케팅에서 지금까지 왜 이 방법을 선택하지 않았을까 할 정도로 단순한 방법이었다.

방법을 떠올린 유빈은 세세하게 계획을 짰다.

'인식'이라는 녀석은 껍질이 너무 단단해서 일단 조금 녹여 줄 필요가 있었다.

그렇게 하기 위해 선택한 첫 번째 단계가 바로 PPL이었다. 유빈의 마스터 플랜 속에서 신중할 수밖에 없는 이유였다.

당연히 한 소리 들을 줄 알았던 박 과장은 유빈이 대수롭지 않게 넘어가자 오히려 어떤 표정을 지어야 할지 몰랐다.

프로젝트를 책임지는 리더라면 화를 내거나 짜증을 내야 정상인 상황이었다. 과정이 어떻게 됐든 에이전시의 팀장이 안 좋은 결과를 전해 줬는데 유빈은 박 과장을 계속 감싸는 말만 했다.

그렇다고 억지로 화를 참는 거로 보이지는 않았다.

유빈을 바라보는 박 과장의 시선이 달라졌다.

한결같은 예의 바름은 기본이고 업계 파악, 콘텐츠에 관한 안목까지 모두 수준급이었다.

보통 능력이 있는 사람일수록 다른 사람의 업무 처리에 까다롭기 마련이었다. 하지만 유빈은 달랐다.

능력은 첫 만남부터 인정했지만, 이제는 사람 자체로 유빈이 좋았다.

"과장님, 그렇게 뜨거운 눈으로 안 보셔도 됩니다. 하하."

"네? 아, 아닙니다. 하하. 그런데 플랜 비라면?"

유빈의 농담으로 무거웠던 분위기가 풀어지면서 회의실 안의 열기도 수은주를 올리고 있었다.

"저번 미팅 때 아직 방영 시작 전인 드라마가 두 편 있다고 말씀하셨죠. 로맨틱 멜로와 첩보 드라마. 혹시 비슷한 시기에 시작하는 다른 드라마는 없나요?"

"있습니다. 두 드라마를 찍어서 말씀드린 것은 시청률이 잘 나올 것 같아서입니다. 잠시만요. 다음 달에 K 본부에서 방영하는 가족 드라마가 있고 S 본부에서는 시트콤이 예정되어 있습니다."

박 과장이 가지고 있던 자료를 다급히 찾아서 넘겼다.

유빈에게 줄 거라고 생각하지 않았는지 A4용지가 마구 구겨져 있었다.

"흐음……."

유빈은 개의치 않고 찬찬히 내용을 훑었다.

PD와 메인 작가, 출연진 그리고 줄거리가 포함되어 있었다.

"가족드라마는 제가 자세히 안 봤는데 시트콤은 제작진이 잘 만들기로 유명합니다."

"음, 박 과장님은 네 개 중에 어떤 드라마가 마음에 드십니까? 시청률과 상관없이 하나만 볼 수 있다면요."

"저, 저요? 저는 때리고 부수는 걸 좋아해서 첩보물을 선택할 것 같습니다."

"송 대리님은요?"

"헤, 저는 로맨틱 멜로 드라마요. 꽃중년으로 나오는 배우들만 봐도 안구 호강이에요."

"K 본부 가족 드라마는 어떻습니까?"

"글쎄요. 저라면 가족 드라마는 빼고 결정하겠습니다. 주연 여배우로 발탁된 친구도 신인이고 작가도 아침 드라마를 주로 하던 분이어서 시청률이 별로일 것 같습니다."

"과장님, 대리님. 드라마 선택에 관해서는 제가 독단적으로 선택해도 될까요?"

팀플레이에 해가 될 수도 있는 선택이었지만 여기서는 자신의 판단으로 가야 했다.

사람들은 모두 각자의 의견이 있고 감이 있다.

하지만 감보다 더 뛰어난 능력이 유빈에게 있었다.

"네?"

"제가 감이 좋은 편이거든요."

"감이요?"

박 과장과 송 대리가 황당한 표정으로 서로를 쳐다봤다.

지금까지 유빈이 보여 준 모습과는 사뭇 어울리지 않는 발언이었다.

비밀의 정원을 빼앗겨서 자포자기한 걸까?

그건 아닌 것 같았다.

이제야 괴짜 같은 본래 성격이 나오는 건가?

그것도 아닌 것 같은데.

어찌 됐든 에이전시로서는 속마음을 내색할 수 없었다.

"프로젝트의 최종 결정은 매니저님이 결정하는 거니까요."

"표정은 아닌 것 같은데요? 하하. 과장님 한번 믿어주십시오."

뭔가 대사의 주체가 바뀐 것 같았다.

유빈이 에이전시에게 굳이 저런 말을 할 필요는 없었다.

한데 유빈의 얼굴을 보니 이상하게 믿음이 가는 것이 사실이었다.

"알겠습니다. 매니저님의 아, 안목을 믿어 보겠습니다."

"감사합니다. 죄송한데 잠시 혼자 있을 시간을 주시겠어요? 길지는 않을 겁니다."

말과 그림 팀이 휴게실로 자리를 옮기자 유빈은 조용히 회의실의 문을 잠갔다.

에이전시가 무슨 생각을 하는지는 잘 알고 있다. 그렇지만 지금부터 할 일을 설명해 줄 수도 없다.

네 명의 꽃중년이 나오는 로맨틱 멜로.
일 탄의 대성공에 이은 첩보물 후속작.
시트콤의 대가들이 새롭게 선보이는 시트콤.
그리고 그냥 가족 드라마.

겉으로 보기에 답은 정해져 있어 보였다.

하지만 드라마의 흥행은 항상 생각한 대로 흘러가지 않는다. 드라마에도 흥행을 결정짓는 운이 작용했다.

그리고 그 운을 미리 알 수 있는 능력이 유빈에게 있었다.

유빈이 정장 안주머니에서 타로 덱을 꺼냈다.

"1순위는 가족 드라마 '우리 집 막내'입니다. 그리고 2순위는 '젠틀맨의 품격'입니다."

말과 그림 팀과 다시 회의실에서 모인 유빈이 결과를 내놨다.

"우리 집 막내요? 확정인가요?"

"그렇습니다. 만약 1순위와 계약이 잘 안 되면 2순위로 진행하겠습니다."

"만약 젠틀맨의 품격도 잘 안 되면……."

"다음은 없습니다."

유빈은 조금 전에 본 타로를 떠올렸다.

첩보물은 뜻밖에도 쪽박으로 리딩이 나왔다. 출연진도 화려하고 사전 광고도 엄청나게 하고 있지만, 리딩으로 봐서는 절대 PPL을 하면 안 되었다.

그리고 시트콤은 평이했다. 조기 종영할 가능성도 언뜻 보였다. 역시 제외.

타로 리딩 결과 가족 드라마인 '우리 집 막내'와 '젠틀맨의 품격'에 좋은 운이 맴돌고 있었다.

"이유를 물어봐도 될까요?"

역시 직설적인 송 대리가 물었다. 그녀는 젠틀맨의 품격이 1순위가 아닌 게 불만인 모양이었다.

촬영장에라도 가 볼 생각이었나.

"음, 비용 대비 효과라고 생각하시면 됩니다."

"네?"

"나중에 제 말뜻을 알게 될 겁니다."

"……뭐, 결정은 매니저님이 하는 거니까요."

"앞으로는 지금처럼 독단적으로 하는 일은 없을 겁니다."

"알겠습니다. 하, 한번 매니저님을 믿어 보겠습니다."

박정균 과장이 어색한 분위기를 재빨리 봉합했다.

해야 할 일은 PPL뿐만이 아니었다.

분위기 좋은 음악이 흘러나왔다.

하지만 커피숍 테이블을 사이에 두고 마주 보고 있는 두 집단 사이에는 음악이 들어갈 자리가 없었다. 그들이 둘러싸고 있는 팽팽한 공기가 음악마저 튕겨 내고 있었다.

"1억으로 가능할까요?"

"쓰읍, 1억은 조금……."

"부장님, '우리 집 막내'는 아직 방영 전이고 '아레스: 전쟁의 신'하고는 동 시간대 방송입니다. 아레스는 지금 언론에서 난리입니다. 그에 비해 우리 집 막내는…… 말씀 안 드려도 아실 겁니다."

박정균 과장이 선전하고 있었다.

K 본부 드라마 제작국 부장은 어떻게든 PPL 금액을 높여 보려 했다.

"음, 그래도 드라마 제작지원 문구를 넣는 최소 금액은 8천만 원입니다. 직접적인 제품 광고인 경우는 한 회당 천만 원 정도고요. 지금 그쪽에서 원하시는 방식으로는 1억5천은 돼야 가능할 것 같습니다."

말과 그림 팀이 원하는 PPL은 스토리상에서 피임약에 대한 오해를 자연스럽게 푸는 것이었다.

"1억5천이요……."

박 과장이 유빈을 슬쩍 쳐다봤다.

유빈이 미묘하게 고개를 저으며 앞으로 나섰다.

"그 금액으로는 안 될 것 같습니다. 우리가 '우리 집 막내'를 선택한 이유는 비용 대비 효과를 노린 면이 큽니다. 다른 기업에서도 PPL 문의가 있나요? 지금 제시하신 금액이라면 곧 방영할 젠틀맨의 품격이 나을 것 같습니다. 누가 봐도 시청률은 그쪽이 잘 나올 것 같아서요."

"크음……."

사실 '우리 집 막내' 드라마 제작부에서는 제네스의 PPL 제안에 춤이라도 추고 싶은 심정이었다. 운이 없는 건지 같이 시작하는 드라마들이 하나같이 쟁쟁했다. 당연히 그쪽으로만 PPL 계약이 몰렸다.

"하지만 저는 그렇게 생각하지만은 않습니다."

부장이 쳐야 할 대사를 유빈이 대신했다.

"네?"

"우리 집 막내의 줄거리와 출연진 그리고 캐릭터 설정을 자세히 봤습니다. 핵가족이 당연한 시대에 가족이 흩어지는 것을 막기 위해 고군분투하는 막내. 그리고 여주인공이 가지고 있는 당당한 여자 캐릭터가 매력적이었습니다. 우리 쪽의 캠페인과 잘 맞는 설정이기에 선택한 이유도 있습니다."

유빈이 제작팀 부장이 아닌 그 옆에 어두운 표정으로 앉아 있는 여성을 쳐다보며 말했다.

박 과장은 유빈의 입을 막고 싶었다. 뭣 하러 계약하는 데 불리한 말을 하는가.

시선을 다시 돌린 유빈이 부장의 오라를 살피며 담판을 지었다.

"1억2천으로 하고 우리 쪽 내용을 조금 더 상세하게 담아 주십시오. 그 이상으로는 안 됩니다."

부장이 PD와 메인 작가를 한 번씩 쳐다봤다.

PD는 별다른 의사 표시를 안 했지만, 작가의 표정이 조금 펴졌다. 자신의 시나리오가 인정받았다는 기분이 들어서일까.

부장은 다시 고민했지만 어쩌겠는가. 제작비를 충분히 확보하면 조금 더 질 좋은 드라마를 만들 수 있는 게 현실이었다.

"알겠습니다. 그렇게 하시죠."

박정균 과장의 표정이 밝아졌다. 그들이 원래 예상하던 1억5천만 원보다 3천만 원을 아낄 수 있었다.

유빈이 제작진과의 미팅에 왜 같이 오자고 했는지 알 것 같았다.

커피숍에서 헤어지자 박 과장이 엄지를 세웠다.

"매니저님, 대, 대단합니다. 보통은 3자 미팅에는 에이전시만 참석하는데 왜 굳이 같이 오려고 했는지 이해가 됩니다."

"왜 그러시죠?"

"네? 아니, 매, 매니저님 덕분에 3천만 원이나 세이브하지 않았습니까."

"아, 하하. 제가 참석한 이유는 비용 때문이 아닙니다."

"그럼……."

"과장님, 오늘은 여기서 헤어지죠. 저는 만나 봐야 할 사람이 있어서요."

"아, 알겠습니다."

인사를 나눈 유빈이 황급히 커피숍을 뛰쳐나갔다.

맥주라도 한잔 사려 했던 박 과장은 김이 빠져 버렸다. 하긴, 술 마시면서 일 이야기만 할 것 같은 사람과 무슨 술인가.

"저기, 잠시만요!"

유빈이 헐레벌떡 뒤쫓아 간 사람은 드라마의 메인 작가 박영란이었다. 그녀는 40대 초반 정도의 수더분한 아줌마 스타일이었다. 심하게 곱슬거리는 파마가 인상적이었다.

"아, 조금 전에…… 무슨 일이시죠?"

"잠시 이야기를 나누고 싶은데 시간 괜찮으세요?"

"저하고요? PPL 관련 이야기는 끝난 거 아닌가요?"

"부장님보다는 작가님의 의견을 듣고 싶습니다."

유빈의 눈을 잠깐 쳐다본 그녀가 야무지게 답했다.

"음, 솔직히 말해도 돼요?"

유빈이 고개를 끄덕였다.

"부장님은 제가 이런 말 한 줄 알면 펄쩍 뛰시겠지만 물어보니까 말할게요. 저는 PPL이 정말 싫어요. 뜬금없이 삽입되어서 드라마 흐름도 방해하고 방영시간도 잡아먹잖아요."

"맞는 말씀입니다. 저도 동감합니다."

"그래요? 정말로요?"

"네, 저도 회사 일만 아니면 PPL은 하고 싶지 않습니다."

"뭐, 다들 그렇죠. 먹고사는 게 문제니까요. 싫어도 해야 하는 게 인생이죠."

유빈의 동조에 그녀의 태도가 조금 누그러졌다.

"작가님, 이번 드라마에 대해 조금 더 자세히 알고 싶습니다. 작가님께서 이야기하고 싶은 큰 주제라든가 어떤 캐릭터가 그걸 가장 잘 살리고 있는지 알면 PPL을 조금 더 PPL답지 않게 녹여 낼 수 있을 것 같습니다."

박영란 작가를 붙잡은 유빈은 그녀와 다시 커피숍에 마주 앉았다.

그녀는 이야기하는 유빈을 빤히 쳐다봤다.

지금까지 만난 광고주와는 달리 느낌이 좋은 사람이었다.

언제나 갑의 위치에서 지시하던 광고주들과 달리 유빈은 작가의 의견을 존중하는 게 느껴졌다.

그뿐만이 아니었다.

지금까지 그녀가 겪은 광고주는 얼마에 계약하는 게 중요하고 그다음에는 결과에만 신경을 썼다.

드라마의 줄거리 따위에는 관심 없었다.

기업의 제품이 몇 번 등장했는지, 대중의 반응은 어떤지, 이슈는 되고 있는지. 그리고 가장 중요한 매출에는 변화가 있는지가 주요 관심사였다.

유빈처럼 드라마 자체에 관심을 두는 사람은 없었다.

PPL을 넣어 스토리를 짜는 고민은 늘 작가의 몫이었다. 그런데 이 남자는 그 고민을 같이 짊어지려 하고 있었다.

유빈의 반짝거리는 눈빛에 그녀는 피식 웃음이 나올 뻔했다. 아직 어린 아들이 새로운 장난감을 발견했을 때 보이는 눈빛과 비슷했다.

'이 사람은 정말 자기 일을 좋아하는구나.'

"……저는 남들이 다루지 않은 가족의 이야기를 해 보고 싶어요. 요즘에는 과거의 향수를 자극하는 종류가 대세잖아요. 저는 과거보다는 미래의 가족상에 관해 이야기해 볼 생각이에요."

박영란 작가가 천천히, 하지만 또박또박 자기 생각을 풀어냈다.

"음, 저는 재밌을 것 같습니다. 그리고 사람들도 많이 볼 것 같아요. 특히, 주제를 막내 여동생이 끌고 간다는 점이 좋았습니다."

"그래요? 광고주라서 시청률이 잘 나올 거라고 믿고 싶은 건 아니고요?"

박 작가의 표정에서 유빈은 그녀가 약간은 마음을 열었음을 알았다.

"시청률은 물론 중요합니다. 간절하니까요. 하하. 하지만 저도 작가님처럼 메시지를 던지고 싶거든요."

"메시지요?"

"음, 작가님은 피임약 하면 무슨 생각이 바로 떠오르시나요?"

"숨겨야 하는 것? 부끄러움? 들키면 당황할 만한 물건? 이런 생각이 먼저 드네요. 부작용도 떠오르고요."

답변이 아닌 유빈의 질문에 박 작가가 잠시 뜸을 들였다. 부정적인 생각만 떠올랐다.

"제 말이 바로 그겁니다. 피임약은 그저 약일 뿐입니다. 아니, 그냥 약은 아니죠. 혹자는 자동 세탁기와 함께 여성 해방의 최대 공로자로 피임약을 꼽죠. 그런데 우리나라 여성들은 피임약을 복용한다는 말을 절대 안 합니다."

"듣고 보니 그러네요."

"심지어는 복용 사실을 숨기려고 비타민 약 케이스에 피임약을 넣어서 다니기까지 합니다. 그래서 전 드라마 안에서 당당하게 피임약을 먹는 여성의 모습이 그려졌으면 좋겠습니다."

"그런데 질문이 있어요. 실제로 피임약을 오래 먹으면 몸에 좋지 않잖아요. 그렇죠?"

"그것도 정보가 부족해서 생긴 오해입니다. 만약 피임약이 몸에 좋지 않다면 미국 여성의 15%가 왜 피임약을 꾸준히 복용하겠습니까? 북유럽의 벨기에는 심지어 가임기 여성의 40%가 피임약을 먹습니다."

"네? 정말로요?"

그녀로서는 처음 듣는 이야기였다.

하긴 누가 피임약에 대해 이야기를 해주겠는가.

학교에서 성교육 한다고 해도 겉핥기식이 대부분이었다. 부모님? 성 문제에 관해서는 쉬쉬하기에 바빴다.

같이 보는 드라마에서 키스 장면만 나와도 서로 어색해지는 게 한국의 부모와 자식 관계였다.

"네. 저도 회사에 들어와서 알게 된 사실입니다. 피임약을 장기간 먹어도 임신과는 상관이 없습니다. 혈전 색전증 같은 혈관 질병도 고도비만이거나 담배를 너무 피우는 사람이 아니면 문제가 안 됩니다. 여기 제가 드리는 자료를 보시면 다 나와 있습니다.”

유빈이 그녀가 참고할 수 있도록 피임약에 대한 자료를 가방에서 꺼내 넘겨줬다. 마치 병원에서 의사에게 디테일링 하는 기분이었다.

“전혀 몰랐던 사실이네요. 그런데 남자분인데도 정말 잘 아시네요. 제가 이런 주제로 남자와 대화할 줄은 몰랐어요. 호호.”

“저도 이런 제가 좀 이상하기는 합니다. 하지만 답답한 것도 사실입니다. 무엇보다 부끄러워할 일이 아닌데 숨기는 게 그렇습니다.”

“음, 으음. 여자 주인공이 남자에 의존하지 않는 당당한 여성상을 보여 주려는 장면에 피임약을 녹여 내면 괜찮은 신이 나올 것도 같네요…… 음…… 이렇게 해서…… 이렇게 하고…….”

박영란 작가가 갑자기 갈색의 냅킨에 글을 쓰기 시작했다. 장면과 대사가 냅킨을 가득 채우고 있었다.

“어떻습니까? 작가님.”

“드라마 초반에 여주인공의 캐릭터를 살릴 수 있는 좋은 소재인 것 같아요. 굳이 PPL이 아니더라도 사용하고 싶네요."

"고맙습니다. 작가님!"

"아니에요. 광고주님…… 성함이……."

"김유빈입니다."

"아, 네. 김유빈 씨의 열정이 저한테도 충분히 전해졌어요. 여성에 관한 일이라면 잘 알고 있다고 생각했는데 오늘 중요한 사실을 한 가지 배웠네요. 호호."

유빈은 박영란 작가와의 만남을 통해 의도대로 피임약에 대한 메시지를 대본 안에 넣을 수 있었다.

하지만 역시 중요한 문제는 시청률이었다.

며칠 전 현재 시청률 1위 드라마인 비밀의 정원에 제네스 항암사업부에서 진행한 PPL이 나왔다.

보건복지부와 공동 진행한 간암 예방 캠페인이었다.

항암제 약품의 노출도 순간이었고 별다른 내용은 없었지만 역시 시청률이 깡패였다. 수많은 기사가 커버되었고 캠페인 인지율도 함께 올라갔다.

뜬금없는 내용 때문에 시청자의 원성을 사고 네티즌들의 악플이 넘쳐 났지만 박 과장은 그것마저 부러워했다.

지나가다 보면 항암사업부 마케팅팀은 PPL의 성공에 고무된 분위기였다.

"하아, 매니저님, 2화 평균 시, 시청률이 6%를 살짝 넘었습니다. 역시 이슈가 안 되네요."

박 과장이 열심히 '우리 집 막내'의 인터넷 기사를 검색했다. 하지만 같은 날 방송이 시작된 '아레스:전쟁의 신'에 밀려 기사를 찾기조차 쉽지 않았다.

"괜찮습니다, 박 과장님. 이제 시작이니까 조금 더 기다려 보죠."

"아, 아니, 매니저님은 부처님도 아니고 어떻게 그렇게 평온하실 수가 있습니까? 아무리 비용을 세이브했다 해도 무려 1억2천만 원이 든 기획입니다."

"저도 겉으로만 멀쩡합니다. 그건 그렇고 여중, 여고 성교육 관련해서 산부인과의사회 하고는 연락되었나요?"

"네?"

박 과장은 유빈을 이해할 수 없었다.

지금 중요한 건 우선 PPL을 성공하게 하는 것이었다. 태연한 유빈의 태도에 도저히 속을 알 수 없었다.

하지만 이해가 안 된다고 고용인의 질문에 대답을 안 할 수도 없었다.

"하아, 의사회에서는 당연히 반기는 분위기입니다. 다만 제네스 쪽에서 교육 자료를 만든다고 하니까 난색을 보이더군요."

"역시 의사회답네요. 돈은 제약회사가 내고 교육 내용은 자기들 하고 싶은 대로 만들겠다는 이야기네요. 그러면서 언론에는 온갖 생색은 다 내겠죠. 그래도 어쩌겠습니까. 그 부분은 제가 총무와 다시 한 번 이야기를 나눠 보겠습니다."

"네……."

힘없이 대답한 박 과장이 다시 기사를 검색했다.

"그래도 다행인 건 방영 전에는 여주인공인 이소영에 대한 여론이 안 좋았는데 지금은 완전히 반대입니다."

"그래요?"

이소영에 대한 이야기가 나오자 유빈의 눈빛이 순간 빛났다.

"네, 처음에는 듣보잡인 신인이 여주인공이라는 발표에 망하겠네, 배경이 든든한가 보네, 얼굴 믿고 가는데 연기는 기대도 안 되네, 등등 악플 일색이었거든요."

유빈이 고개를 끄덕였다. 그도 확인한 바였다.

"그런데 2화가 방영된 이후부터는 연기 잘한다, 예쁘다, 어디 있다가 이제 나타났냐, 정말 신인이냐는 댓글이 대부분입니다."

"그것 보십시오. 조짐이 좋은 겁니다."

"매니저님, 그 정도로는 안 됩니다. 최소한 녹색창에…… 어라, 이게 뭐야?"

"왜 그러세요?"

박 과장이 갑자기 하던 말을 멈췄다. 놀라서 눈이 두 배는 커진 그가 노트북을 뚫어지게 쳐다봤다.

"아니, 이게 무슨 일이지?"

유빈의 말도 들리지 않는지 노트북에서 눈을 떼지 못하는 그의 핸드폰이 정신 차리라는 듯이 울어 댔다.

"깜짝이야! 어, 송 대리, 지금 녹색창 봤어? 뭐? 아, 알았어. 일단 끊을게."

급하게 전화를 끊은 박 과장이 귀신에 홀린 듯한 표정으로 유빈을 쳐다봤다. 그리고 노트북을 유빈 앞으로 밀었다.

"매니저님, 이, 이것 좀 보십시오."

녹색창 실시간 검색어 1위에 이소영이 올라 있었다. 2위는 강승연, 그리고 우리 집 막내가 이소영의 1위에 힘입어 7위에 랭크되어 있었다.

"이소영이 여배우 강승연의 치, 친딸이랍니다!"

흥분한 박 과장이 평소보다 말을 더듬거렸다. 하지만 지금 이 순간만큼은 더 버벅거려도 상관없었다.

강승연이라면 명실상부 대한민국 최고의 여배우였다. 그녀가 20년 넘게 배우 생활을 하면서 출연한 영화와 드라마는 대부분 흥행에 성공했다. 나이가 들면서 연기에 완숙미가 더해져 얼마 전에는 국제영화제에서 수상까지 했다.

평범한 직장인과의 결혼으로 신문과 뉴스의 첫 페이지를 장식하기도 했고 딸이 하나 있다고 알려졌지만, 대중에게는 공개하지 않았다.

그런데 그 딸이 바로 이소영이라는 기사가 떴다.

“대, 대박입니다. 기사가 순식간에…… 이건 정말 하늘이 도운 겁니다!”

유빈은 흥분한 상태로 스크롤을 내리는 박 과장의 모습을 보며 회심의 미소를 지었다.

유빈이 PPL을 진행할 드라마를 선택하기 위해 타로를 봤을 때, 젠틀맨의 품격과 우리 집 막내의 우열을 가릴 수가 없었다.

두 작품 다 성공할 것이라는 리딩이 나왔다.

우리 집 막내가 기대작인 젠틀맨의 품격과 막상막하의 리딩이 나온 것도 놀라웠지만, 그보다 유빈의 눈을 끈 것은 출연진이었다.

유빈은 우리 집 막내여 주인공인 이소영의 사진을 보면서 뭔가 알 수 없는 예감을 느꼈다.

오랜만에 느껴보는 감각이었다.

세 번째 전생에서 집시였을 때, 타로가 없이도 상대방의 기운과 미래를 예상할 수 있는 능력이 가끔 발현되었다. 그 능력이 이소영의 사진을 보고 있는 유빈에게 나타난 것이었다.

유빈은 곧바로 그녀를 대상으로 타로를 펼쳤다.

이소영에 관한 리딩 결과는 놀라웠다. 이른 시일 안에 그녀가 크게 성공할 운이 타로 리딩에 나와 있었다.

두말할 것도 없이 선택은 우리 집 막내였다.

PPL 비용과 드라마의 시나리오도 마음에 들었지만, 결정적인 이유는 역시 이소영이었다.

그리고 유빈의 타로 리딩대로 사건(?)이 터졌다.

이소영에 대한 이슈는 쉽게 사그라지지 않았다.

모친인 강승연이 인터뷰를 통해 눈물을 흘리며 바로 관계를 인정했다. 모녀 관계를 숨기기로 한 결정은 딸의 선택이었다.

어머니의 후광을 업지 않고 자신의 연기를 인정받기 위해 이소영은 5년 동안 대학로에서 연극을 하며 내공을 쌓았다. 우연히 연극을 관람한 드라마 PD가 이소영을 눈여겨보고 파격적으로 여주인공에 캐스팅한 것이었다.

이소영의 마음가짐과 그에 더해진 신데렐라 스토리는 대중을 열광시켰다.

부모의 후광을 당연히 생각하는 요즘 사람들에게 시원한 한 방을 날린 셈이었다.

“피임약 에피소드가 6화에 나오니까 관심이 최고조일 때 방영되는 겁니다.”

유빈이 말과 그림과의 미팅을 주재하며 폴로업을 논의했다.

“매니저님, 설마 이렇게 될 줄 알고 우리 집 막내를 고른 건 아니죠?”

송 대리가 존경스러운 눈빛으로 서 있는 유빈을 올려다봤다. 박 과장의 표정도 별 차이가 없었다.

“설마요. 제가 무슨 점쟁이도 아니고. 하하. 그저 감이 조금 좋을 뿐입니다.”

“아니에요. 매니저님은 점집 차려도 대박 나실 것 같아요.”

쓸데없이 심각한 송 대리를 놔두고 유빈은 우리 집 막내의 시청률을 다시 확인했다. 2화가 끝나고 6%대였던 시청률이 4화를 지나면서 21%에 육박했다.

대배우 강승연의 딸이라는 이소영의 연기를 확인하기 위해 많은 사람이 드라마를 시청한 것이 시작이었다. 하지만 그보다 드라마 자체의 재미가 시청자를 붙잡으면서 순간의 관심으로 끝나지 않게 되었다.

그에 비해 전작의 후광을 업고 화려한 스타트를 끊었던 아

레스:전쟁의 신은 어설픈 시나리오로 개연성 지적을 받으며 시청률이 곤두박질쳤다.

역시 타로 리딩대로였다.

화려한 출연진과 제작비가 무색해지는 10% 이하의 시청률을 받으며 같은 시간대에 방영되는 우리 집 막내는 비교 효과를 제대로 받았다.

"수인아, 이거 뭐야?"

화장실에 다녀온 수인을 향해 조금 전까지만 해도 사랑의 눈빛을 날리던 남자의 표정이 굳어 있었다.

그가 들고 있는 물건은 작은 종이 곽이었다.

"오빠, 설마 내 가방 뒤진 거예요?"

"이게 뭐냐고 물었잖아!"

남자의 성난 외침에도 여자는 그의 눈을 피하지 않았다.

"보면 몰라요? 피임약이잖아요."

"그러니까 피임약이 왜 네 가방에 들어 있냐고? 너…… 그런 여자였어?"

"네?"

여자의 표정이 잠깐 흔들렸다가 오히려 더 굳세게 변했다.

"그런 여자라고요? 지금 피임약만 보고 날 그런 여자로 판단한 거예요?"

"그런 게 아니면 뭔데? 수인아, 어디 아파서 약 먹는 거지? 그렇지?"

여자의 강렬한 눈빛에 남자가 주춤거렸다.

"아니요. 어디 아픈 거 아니에요. 피임 목적으로 먹는 거예요."

"뭐라고?"

남자의 눈꺼풀이 미세하게 떨렸다.

"우리 언니. 꽃다운 스물두 살에 지윤이 낳아서 지금까지 미혼모로 살고 있어요. 대한민국에서 미혼모로 산다는 게 얼마나 힘든 건 줄 알아요? 아니, 당연히 모르겠죠. 상상도 못하겠죠. 승준 오빠도 남자니까."

"……수인아."

"남자가 콘돔도 안 쓰고 관계해서 지윤이가 생기니까 바로 도망가 버렸어요. 물론 사랑하는 사이였죠. 그래서 전 남자 안 믿어요. 그래서 피임약을 먹는 거예요. 제 몸은 제가 지킬 거니까요!"

"……."

"실망이네요. 잘 알지도 못하면서 그런 판단을 하다니."

"아, 아니, 수인아. 그게 아니고……."

"됐어요. 오빠는 다른 남자하고는 다를 줄 알았는데. 오늘 일은 정말 실망이에요."

여자가 잡는 남자를 매몰차게 뿌리치고 자리에서 일어났다. 남자가 커피숍 밖에까지 따라 나갔지만 소용없었다.

"수인아! 수인아!"

"컷! 좋았습니다! 다음 컷으로 넘어가겠습니다!"

컷을 외친 PD가 정수인 역할을 맡은 이소영에게 다가갔다.

"소영 씨 연기 좋았어! 캬아, 그 눈빛. 좋아, 좋아. 계속 그렇게만 가자고."

시청률이 잘 나와서 우리 집 막내 촬영장은 활기로 가득했다. 스태프들의 표정도 밝았다.

"선생님! 언제 오셨어요?"

PD와 이야기하던 이소영이 유빈이 있는 곳으로 달려왔다. 물론 유빈이 아니라 그 옆에 있는 박영란 작가를 향해서였다.

가까이서 보니 역시 배우는 배우였다.

하얀 피부와 잡티 하나 없는 피부, 오밀조밀한 이목구비까지. 배우를 안 했으면 안 될 외모였다.

"소영 씨, 오늘 연기 좋았어요."

"정말요? 전 PD님보다 선생님께 칭찬받는 게 더 좋아요. 헤헤."

"속으로는 여리지만, 똑 부러지고 강인한 여성을 표현하는 게 쉽지는 않을 거예요. 외모도 여린 편이니까. 오늘 신을 다시 보면서 앞으로 연기할 방향을 생각해 보면 좋을 것 같아요."

"좋은 충고 감사합니다. 선생님. 백 번이라도 돌려 볼게요. 저도 피임약에 대해서는 편견이 있었는데 선생님이 주신 자료 보고 놀랐어요."

"진짜로 아는 것 하고 대본으로만 연기하는 것하고는 다르니까요."

"네, 정말 많이 배우고 있습니다. 앗, 선생님 저 가 봐야 해요. 이따가 또 올게요!"

"화이팅해요."

"네!"

이소영이 박영란 작가와 누군지는 모르지만, 그 옆에 서 있는 유빈과 박 과장을 향해서도 깍듯이 인사하고 달려갔다.

"어때요?"

촬영장 뒤에서 지켜보던 장면을 지켜보던 유빈에게 박영란 작가가 물었다. 유빈이 엄지손가락을 날렸다.

"역시 작가님은 최고입니다. 배우한테 피임약 자료까지

주셨군요.”

“오버하지 마시고요. 호호. 저도 유빈 씨한테 듣기 전까지는 소영 양하고 같았으니까요. 생각보다 좋은 신이 나와서 저는 만족이에요. 차후에 피임약과 관련해서 신을 더 넣어 볼 생각이에요.”

“네? 저, 정말이십니까?”

이소영에게 반했는지 정신을 못 차리고 있던 박 과장이 그녀의 말에 깜짝 놀랐다.

“네. 정말이에요.”

“그럼 PPL 비용은…….”

“PPL이 아니니까 비용은 필요 없겠죠?”

“……대, 대박. 아, 그게 아니고 감사합니다. 작가님.”

유빈도 박 과장과 같이 고개를 숙였다.

일단 첫 번째 단추가 제자리에 끼워진 기분이었다.

“피임약 장면 순간 시청률이 무, 무려 27%입니다!

“그것뿐만이 아니에요. 현재 피임약이 녹색창 실시간 검색 3위입니다. 잘하면 1위까지도 갈 것 같아요! 제가 다 떨리네요.”

우리 집 막내 6화가 방송되고 상기된 박 과장과 송대리가 번갈아 가며 소식을 전했다. 파격적인 줄거리에 이전 화가 끝났을 때보다 이슈가 되고 있었다.

"자, 이제 시작입니다. 이벤트성으로 끝나지 않도록 제대로 폴로업을 해야 합니다."

"휴우, 정말 매니저님은 못 당하겠습니다."

"박 과장님, 오늘 방영된 부분 중 피임약이 나오는 장면을 짤방으로 만들어서 사용하죠. 이 부분은 드라마국과 협의해 주세요."

"어디다 쓰시려고 하시나요?"

"여중, 여고 성교육 발표 자료 앞부분에 동영상으로 넣으려고요. 요즘 애들을 글자보다는 영상을 선호하니까요. 그리고 처음에 영상이 들어가면 집중을 유도할 수도 있고요."

"오오, 정말 조, 좋은 생각입니다."

"그리고 송 대리님은 잡지사에 기사 만들어서 보내 주세요. 드라마와 피임약을 잘 버무리면 좋은 기사가 나올 것 같습니다."

"넵!"

삭막한 빌딩숲 사이에서도 곳곳에 핀 개나리는 예쁜 얼굴

색을 뽐내고 있었다.

서인아는 더웠는지 입고 있던 패딩을 벗어 팔에 걸쳤다.

"다혜 씨, 새로 AM이 오면 이제 조금 편해지겠네."

"그보다 저랑 잘 맞아야 할 텐데요. 과연 제 직설적인 성격을 잘 견딜지 걱정이에요."

"후훗, 알기는 아네."

"PM님!"

"아, 맞다. 어제 포탈 검색하는데 피임약이 검색어 1위에 올라 있어서 깜짝 놀랐어."

점심을 먹고 회사로 돌아가는 서인아의 목소리가 밝아졌다. 입사하고 영업과 AM을 거쳐 피레논 PM으로 일하는 동안 피임약이 이슈가 된 적은 한 번도 없었다.

녹색창 검색어 1위라니!

올해는 피레논 PM으로서 운이 트이는 건 아닌가 하는 생각마저 들었다.

"서 PM님도 보셨어요? 저 요즘 우리 집 막내 본방사수 하잖아요. 진짜 재미있어요!"

젤레크 PM 박다혜가 신이 나서 맞장구를 쳤다.

"나도 짤방으로 봤어. 동영상 메인에 떠 있더라고. 우리가 하고 싶은 말을 해줘서 속이 다 시원했어."

"그렇죠? 하아, 다음 주까지 어떻게 기다리나."

"아, 그래서 다혜 씨가 요즘 수, 목요일에는 기를 쓰고 집에 일찍 가려고 하는구나. 요즘 안 바쁜 모양이네. 드라마도 보고. AM 안 뽑아도 되겠는걸."

"아, 아니에요. 그래도 드라마 보고 집에서 일은 다 해요."

"호호. 농담이야. 나도 한번 보려고."

"그런데 그거 아세요? 그 장면 PPL이래요."

"정말? 그렇게 안 보이던데. 누가 그래?"

서인아가 못 믿겠다는 듯이 물었다. PPL이라고 하기에는 장면이 너무 자연스러웠다.

"아까 서윤 씨가 지나가면서 그러더라고요. 아, 저기 서윤 씨다. 서윤 씨!"

유빈과 함께 걸어가던 주서윤이 뒤돌아봤다.

주서윤은 뭐가 그리 즐거운지 얼굴에 웃음꽃이 가득했다. 개나리가 질투할 정도였다.

"PM님, 식사하셨어요?"

"서윤 씨, 수상해. 요즘 유빈 씨 하고 부쩍 붙어 다니는 것 같아."

박다혜가 날카로운 눈초리로 유빈과 주서윤을 번갈아 쳐다봤다.

"네? 아하하. 아니에요. 유빈 씨가 이것저것 물어보는 게 많아서……. 저도 귀찮아 죽겠어요."

주서윤이 둘러대자 두 PM의 시선이 유빈에게 향했다.

"어라, 선배님. 제가 귀찮으셨습니까?"

"아, 그게……."

주서윤의 난처해하는 모습을 보며 유빈이 장난스럽게 웃었다.

"서윤 씨, 그건 그렇고, 어제 우리 집 막내에서 피임약 나오는 장면이 PPL인 건 어떻게 알았어? 전혀 PPL 같지 않던데."

박다혜 PM의 말에 주서윤이 유빈을 쳐다봤다. 유빈이 살짝 웃으며 질문에 대신 답했다.

"우리 집 막내에서 피임약 장면은 OC 프로젝트에서 진행한 PPL입니다."

"네? 그럼, 유빈 씨가……."

"네. 저와 에이전시가 했습니다."

유빈의 간결한 대답에 서인아와 박다혜가 입을 다물지 못했다. 유진영 차장의 명령으로 OC 프로젝트에 참여는커녕 관련 회의에도 참석하지 못하는 그녀들로서는 유빈이 무슨 일을 진행하는지 알 수 없었다.

다만, 속으로는 아무리 영업을 잘한다 하더라도 이제 처음 마케팅 일을 해 보는 유빈이 프로젝트의 성공은 차치하고 문제만 일으키지 않아도 잘하는 것이라 여겼다.

그들도 처음 마케팅에 왔을 때는 아무것도 몰랐기 때문이었다. 게다가 유빈은 업무를 가르쳐 줄 선임도 없었다.

그런데 이번 PPL의 유빈의 작품이라면 그건 프로 야구단에 막 드래프트 된 신인이 첫 타석에서 홈런을 친 것과 다름없었다.

마케팅으로 온 유빈을 반기기는 했지만, 첼시 사장의 결정은 이해하지 못했던 그녀들도 이제는 막연하게 이유를 알 것 같았다.

"정말 대단하네요. 유빈 씨, 차장님 때문에 대놓고 도와줄 수는 없지만, 궁금한 거나, 아니, 도움이 필요하면 언제든지 메일 주세요."

서인아가 새삼스러운 눈으로 유빈을 쳐다봤다.

"알겠습니다."

OC 프로젝트가 성공하면 서인아가 맡은 피레논 매출은 당연히 늘어나게 되어 있었다. 단지, 서인아는 지금까지는 프로젝트가 성공할 거로 믿지 않았을 뿐이었다.

"아, 맞다. 이따가 신입 마케팅 직원 환영식에는 올 거죠?"

"신입이요?"

"이번에 다른 제약회사에서 젤레크 AM으로 오는 사람이 있어요. 오늘 교육받고 저녁에 회사에 인사하러 온다고 했어요."

"근데 아무리 그래도 차장님 너무하시네요. 유빈 씨는 환영회도 안 해줬는데……."

주서윤이 두 볼을 부풀리며 툴툴거렸다.

유진영 차장은 막 이연수 부장으로부터 유빈의 프로젝트 소식을 전해 들었다. 자리에 앉은 그녀가 입술 각질을 잡아 뜯으며 꺼져 있는 모니터를 응시했다.

가슴속 깊은 곳에서 바늘 같은 불안감이 비집고 올라와 심장을 콕콕 찌르는 느낌이었다. 설마 자신이 몇 년 동안 성공하지 못한 일을 유빈이 해낼지도 모른다는 생각이 들었다.

결과적으로 자신은 별 볼 일 없다고 생각했던 말과 그림 역시 능력 있는 에이전시로 밝혀졌다. 자신은 못 본 걸 유빈은 봤다고 생각하니 더욱 그랬다.

"아니야, 이 정도로는 어림없어. 어림없고말고."

유 차장이 애써 마음을 추슬렀다.

OC 복용률이 PPL 하나 잘되었다고 올라갔으면 벌써 올라가고도 남았다. 절대 호락호락하지 않은 게 피임약에 대한 관점의 변화였다.

'억세게 운 좋은 자식. PPL 하는 데 얼마나 썼을까? 2억5천? 3억?'

유진영 차장은 유빈이 강승연과 이소영의 관계가 터진 후에 PPL 계약을 했을 거로 여겼다. 그래서 떠올린 금액이 최소 2억5천만 원이었다.

그 이상을 썼다고 해도 이번에는 남는 장사였다.

유 차장은 스캔들이 터진 후, 드라마를 재빠르게 선택한 유빈의 결정력에는 싫어도 점수를 줄 수밖에 없었다.

그녀가 10점 피켓을 들지 않아도 회사 사람들은 10점을 줄 게 뻔했다.

유 차장이 씁쓸한 표정으로 전화기를 들었다.

"알겠습니다. 일단 더 지켜봅시다. 끊습니다."

최상렬 부사장이 유진영 차장에게서 온 전화를 끊었다. OC 프로젝트 진행 상황에 대한 보고였다.

유빈이 보여 준 성과가 놀랍기는 해도 전체적인 프로젝트의 성과는 일 년 뒤에나 나올 일이었다.

'징징거리기는.'

유 차장의 반응이 마음에 들지 않으면서도 그 역시 속이 쓰린 건 어쩔 수 없었다.

항암사업부에서 진행된 간암 예방 프로젝트 PPL은 유빈의 성과에 비하면 전등과 반딧불의 차이였다.

유빈의 작품이라는 게 회사 내에 퍼지면 당연히 스포트라이트를 받을 일이었다.

'보통 녀석이 아니야.'

최상렬이 고개를 저으며 전화가 오기 전에 읽고 있던 이메일에 다시 눈을 돌렸다. 제네스 아시아 리전에서 근무하는 수안 챈으로부터 온 메일이었다.

"어지 데일이라……."

어지 데일은 마크 램버트 CEO가 세계 4대 회계 법인인 달로이트에서 스카우트해 온 회계전문가였다. 어지 데일은 일 년 전부터 전 세계의 제네스 지사를 돌아다니며 강도 높은 회계 감사를 진행했다.

물론 목표는 마크 램버트 CEO의 의도대로 비용 절감이었다.

특히 그는 아시아 리전에서는 저승사자로 통했다.

작년 어지 데일이 제네스 차이나 감사를 마치고 본사에 보고한 리포트 하나 때문에 일반의약품 부서 영업팀이 통째로 날아갔다.

마케팅만으로 충분하다는 그의 보고 때문에 결과적으로 백여 명이 일자리를 잃게 되었다.

중국뿐 아니라 감사를 받은 아시아 국가는 작게는 몇십 명에서 많게는 백 명 넘게 인원 감축이 실행되었다.

그런 어지 데일을 비롯한 본사 감사팀의 다음 목적지가 바로 한국이었다. 수안 챈의 이메일에는 한 달 뒤에 감사팀이 방문할 거라는 내용이 들어 있었다.

"드디어 오는군."

최상렬의 머리가 빠르게 돌아갔다.

임원진 입장에서 감사라면 꺼리는 게 당연한데 최상렬은 반기는 표정이었다.

"어지 데일이라면 더 확실히 발견할 수 있겠지……."

남에게 보이지 않는 진한 웃음이 얼굴의 반을 가득 채웠다. 그의 꿈이 이루어지기까지는 얼마 남지 않았다.

유빈이 불판에서 지글지글 익고 있는 고기를 뒤집었다. 처음으로 참석하는 마케팅 회식이었다.

지금까지는 PPL 때문에 여유도 없고 유 차장의 눈치 때문에 참석을 잘 안 했지만 너무 빠지는 것도 예의는 아니었다.

"확실히 남자가 있으니까 분위기가 좋네요."

"그런 말 하면 직장 내 성희롱이야. 다혜 씨."

홍경은 PM이 이미 술기운이 오른 박다혜에게 주의를 줬다.

"앗, 그런가요? 미안해요, 유빈 씨. 전 그냥 좋아서. 그나저나 신입 직원은 왜 이렇게 안 오지? 과장님, 저희 먹어도 되는 거죠?"

이미 먹을 건 다 먹어 놓고 물어보는 박다혜였다.

"차장님이 조금 늦어진다고 먼저 먹으랬어."

마침, 장결희 본부장, 유진영 차장 그리고 그 뒤를 따라 신입 직원으로 보이는 사람이 식당 별실로 들어왔다.

"미안합니다. 면담이 길어져서. 많이 늦었죠?"

본부장도 참석할지는 몰랐는지 다들 먹다가 자리에서 일어나기에 바빴다. 하지만 유빈은 자리에 앉은 채 신입 직원에게 시선을 떼지 못했다.

28장
두 거인의 만남

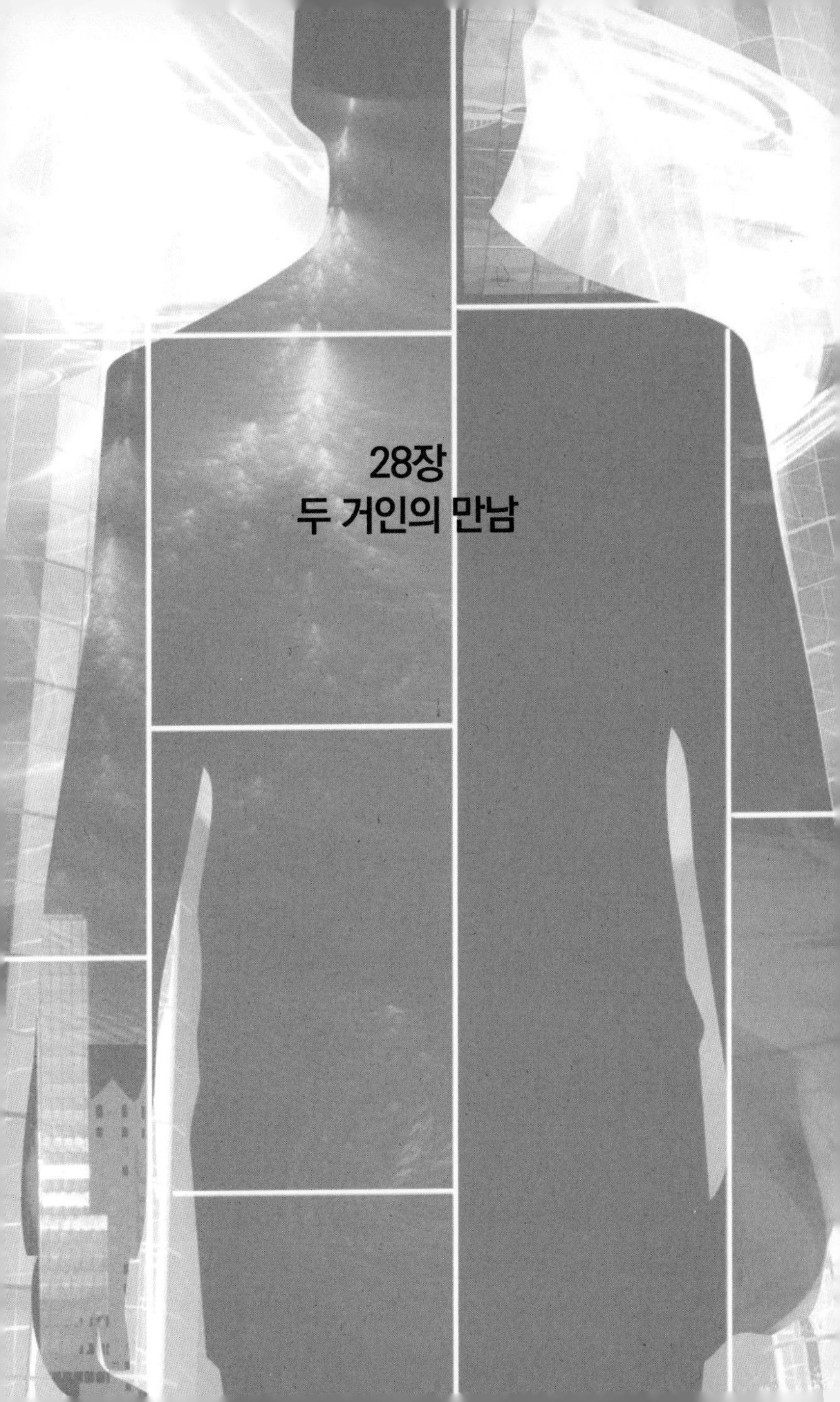

젤레크 AM으로 새로 입사한 직원은 바로 유빈의 전 여자 친구인 이지은이었다.

유빈이 백서제약에서 ERP로 쫓겨나다시피 나올 때, 매몰차게 헤어지자고 한 여자였다. 그날의 통화를 마지막으로 이지은과는 연락하지 않았다.

유빈도 하지 않았고 그녀에게서도 오지 않았다.

삼동냉장에서 스승님을 만나기 전에는 전화하고 싶은 욕구를 참았지만, 그 이후로는 아예 머릿속에서 사라진 존재였다.

그럼에도 불구하고 유빈은 마음의 동요가 느껴졌다.

2년이 지났다. 하지만 이지은은 거의 변한 게 없었다.

다만 풋풋했던 얼굴이 성숙해졌다랄까.

눈초리가 살짝 올라가 여전히 냉정해 보였지만 유빈에게는 잘 보여 주지 않던 환한 미소로 냉정함을 상쇄하고 있었다.

"우쒸, 유빈 씨, 고기 타요!"

박다혜가 순식간에 집게를 유빈의 손에서 낚아채 갔다.

유빈도 순순히 집게를 내주었다. 그러면서도 신입 직원이 앉아 있는 옆 테이블로 계속 눈이 가는 건 어쩔 수 없었다.

"유빈 씨도 못하는 게 있네요. 호호. 하긴 모든 다 잘하면 로봇이죠."

박다혜가 팔꿈치로 유빈의 옆구리를 툭툭 쳤다.

평소에도 엉뚱한 면을 보였지만 술이 들어가니 남성 호르몬이 충만한 아줌마 저리가라였다.

홍경은 과장은 박다혜의 그런 모습에 익숙한지 무시하고 단백질을 섭취하는 데만 집중했다. 가녀린 외모와 달리 주당인 서인아는 그 옆에서 고기를 먹기보다 소주를 자작하기에 바빴다.

사무실에서 업무 볼 때와는 다르게 술자리에서는 사람들의 다양한 성격이 드러났다.

주서윤은 각기 다른 스타일의 PM을 보조하느라 정신이 없어 보였다. 하지만 그러는 와중에도 유빈의 태도가 평소와 다른 걸 알아챈 느낌이었다.

역시 감이 좋은 여자였다.

"유빈 씨, 무슨 일 있어요?"

"……아닙니다. 선배님."

"요즘 일 많이 힘들죠? 힘들면 언제든지 전화해요. 풀릴 때까지 들어줄게요."

"……."

주서윤이 옆 사람이 들리지 않도록 작게 말했지만, 유빈에게는 그 어떤 목소리보다 선명하게 들렸다.

그런 주서윤을 바라보는 유빈의 심장 박동이 서서히 평소 상태로 돌아왔다.

"고마워요. 그리고 정말 별일 아니에요."

유빈이 지금 좋아하는 사람은 주서윤이었다.

과거는 과거일 뿐.

전 여자 친구와의 갑작스러운 조우에 잠깐의 동요가 있었지만 그것뿐이었다. 지금 중요한 사람은 바로 옆에서 유빈을 챙겨 주는 사람이었다.

씨익 웃은 유빈이 고기 하나 제대로 못 자른다고 박다혜에게 핀잔을 주며 집게를 탈환해 왔다.

"자, 주목! 이번에 여성건강사업부 젤레크 AM으로 입사한 이지은 씨입니다."

장결희 본부장의 소개에 이지은이 자리에서 일어났다.

"안녕하세요. 이지은입니다. 국내 제약회사에서 2년 반 정도 PM으로 일했습니다. 제네스 같은 멋진 회사에 입사하게 돼서 기쁩니다. 앞으로 잘 부탁드립니다."

"와아, 환영해요!"

직속 상사로서 체통을 지켜야 할 박다혜가 가장 큰 소리로 박수를 쳤다. 누가 봐도 그저 일거리가 줄어드는 게 좋아서 하는 행동 같았다.

유빈도 가볍게 박수를 쳤다.

분명히 눈이 마주쳤지만, 이지은은 아직 유빈을 알아보지 못하고 있었다.

전체적으로 인사한 이지은이 한 명씩 인사하기 위해 옆 테이블로 건너왔다.

"이지은입니다. 잘 부탁드립니다."

PM들과 인사를 나누고 주서윤에게 시선을 돌린 이지은의 동공이 확장되었다.

여자는 다른 여자의 외모에 민감한 법.

특히 자신을 예쁘다고 생각하는 사람은 더욱 그랬다.

"피레논 AM 주서윤이에요. 같은 AM끼리 친하게 지내요."

"……네, 잘 부탁해요."

같은 AM이라고 해서 그런 걸까. 아니면 외모로 지기 싫은 감정 때문일까. '부탁드립니다'가 '부탁해요'로 짧아졌다.

여직원들과 이야기를 마친 이지은이 마지막으로 남은 한 사람. 유빈에게 고개를 숙였다.

그 모습에 유빈이 싱긋 웃으면 답했다. 이렇게 가까이 있는데도 이지은은 여전히 자신을 못 알아보고 있었다.

"오랜만이네요. 잘 지냈죠?"

반말도, 존댓말도 어색한 상황이었다. 하지만 유빈은 말을 높임으로써 그녀와의 거리를 정했다.

"네?"

예상외의 인사말에 이지은이 연신 눈을 깜박거렸다. 낯은 익지만, 머릿속에 떠오른 그 사람과 눈앞의 훤칠한 남자는 매치가 전혀 안 되었다.

이지은은 눈앞의 사람이 유빈일 거라는 가능성을 완전히 제로로 보고 있었다.

그도 그럴 만했다.

유빈은 꾸준한 수련으로 키는 물론이고 골격 자체가 달라져 있었다. 피부는 백옥처럼 무결점이었고 안경도 끼지 않아 이미지가 완전히 달랐다.

무엇보다 풍기는 기운이 달랐다.

"유빈 씨, 서로 아는 사이에요?"

홍경은 과장의 질문에 여덟 개의 눈동자가 동시에 유빈의 입에 가서 박혔다. 이지은의 동공이 주서윤과 인사할 때보다 두 배는 커졌다.

유빈 씨라고? 정말 그 김유빈?

"백서제약 때 같이 일했습니다. 제 후임으로 영업팀에 들어왔다가 곧 마케팅 부서로 옮겼죠."

"유빈 오빠?"

유빈이 과거를 읊자 그제야 이지은이 입을 열었다.

오빠란 호칭에 주서윤의 표정이 굳어졌다. 나머지 사람들은 흥미진진한 드라마를 보듯이 둘을 번갈아 쳐다봤다.

사람들의 시선에 말실수를 깨달은 이지은이 정신을 차리려 했다. 하지만 그녀가 받은 충격의 여운은 쉽게 가시지 않았다.

ERP로 백서제약에서 나간 김유빈이 왜 제네스에 있단 말인가. 열 번 양보해 운 좋게 제네스에 입사했다고 해도 어떻게 마케팅 회식에 한 자리를 차지하고 있단 말인가.

왜소하고 어딘가 그늘져 있던 남자는 어디로 사라지고 자신감과 여유가 넘치는 남자가 눈앞에서 구김 없이 웃고 있었다.

이지은이 혼란함을 주체 못 하고 있을 때, 장결희 본부장이 그 옆으로 다가왔다.

"인사는 다 했어요? 오, 김유빈 씨. 이번 PPL 광고 좋았습니다. 우리 마누라도 그 드라마 팬이에요. 평생 내가 무슨 부서를 담당하는지 관심도 없는 사람이 피임약 이야기를 하더군요. 하하."

"하하, 사모님이 그러셨군요. 드라마 작가랑 이야기가 잘 돼서 장면이 잘 나온 것 같습니다."

"역시 유빈 씨는 언제나 내 기대를 뛰어넘는군요. 유빈 씨 같은 직원이 영업팀에 한 명만 더 있어도 두 발 쫙 펴고 잘 수 있을 텐데요. 하하."

"감사합니다. 본부장님. 프로젝트는 이제 시작일 뿐입니다."

"열심히 해요. 기대하고 있습니다."

장결희 본부장이 유빈의 등을 두드려 주며 술잔을 내밀었다.

농담처럼 유쾌하게 말했지만, 장결희 본부장은 전보다 약간은 수척해 보였다.

최석원 사건으로 마음고생을 제대로 한 모양이었다.

인사위원회를 계기로 장결희 본부장은 중도를 접고 첼시 사장 라인에 합류했다. 몇십 년을 한 회사에서 근무하면서 최상렬 부사장의 집요함과 추진력을 지켜봐 온 그였다.

부사장의 의중이 여성건강사업부의 축소라면 혼자 힘으로

맞서기는 불가능했다.

유빈은 장결희 본부장의 심정을 이해했다.

"본부장님, 이번 달 영업회의 때 저도 참석할 수 있을까요?"

영업회의는 본부장과 전국의 지점장들이 한 달에 한 번 모이는 자리였다. 예전에는 마케팅 헤드도 참석했지만, 유진영 차장이 그 자리를 차지한 이후 영업팀만의 회의가 되어 버렸다.

"영업회의 때요?

"예. OC 프로젝트와 관련해서 영업팀의 힘을 빌릴 일이 있습니다. 물론 영업팀에게도 새로운 영업툴이 될 수 있을 겁니다."

"오, 그래요? 그렇다면 당연히 참석해야죠."

유빈이 고개를 숙였다.

이번 기회에 영업과 마케팅의 관계도 회복시킬 생각이었다.

옆에서 잠자코 듣고 있던 이지은의 머릿속은 더욱 복잡해졌다.

PPL 광고? 영업회의 참석?

장결희 본부장에게 직접 인정받는 유빈이 그저 놀라울 뿐이었다. 마케팅에서도 잘나가는 모양이었다.

본부장의 눈빛만 봐도 유빈을 얼마나 아끼는지 알 수 있었다. 본부장의 시선을 따라 유빈의 옆모습을 슬쩍 쳐다본 이지은의 볼이 발그레했다.

2년 전, 통화 이후로 한 번도 떠올린 적이 없는 사람이었다.

하지만 지금 이 순간에는 마치 첫눈에 반한 사람처럼 유빈의 날카로운 턱선만 봐도 심장이 울렁거렸다. 백서제약에서 알던 김유빈은 이미 머릿속에서 사라져 버렸다.

"우리 마케팅팀 여자들만 갈 거예요. 남자는 빠지세요."

1차가 파하고 유 차장은 그동안 스트레스가 많이 쌓였던지 목 놓아 2차를 외쳤다. 서인아를 제외하고 다들 표정이 밝지 않았지만 따라갈 수밖에 없었다.

여자들만이라는 이야기에 두 여자가 특히 아쉬워했다. 하지만 유빈의 따뜻한 눈빛을 받은 사람은 한 명뿐이었다.

"선배님, 재미있게 노세요."

유빈이 슬쩍 손으로 전화기를 만들어 귀에 댔다.

인사를 나누고 유빈이 외롭게 남겨진 장결희 본부장을 챙겼다. 본부장은 이미 만취 상태였다.

"유빈 씨, 먼저 들어가세요. 대리기사 곧 올 겁니다. 끅."

"아닙니다, 본부장님. 차에 타시는 거 보고 가겠습니다."

술에 취한 상태에서도 장결희 본부장이 애정 어린 눈빛으로 유빈을 쳐다봤다.

"하아, 유빈 씨, 힘들겠지만 그래도 힘내세요."

장 본부장은 박용신 전무와의 대화로 OC 프로젝트의 결과가 최상렬 부사장과 첼시 사장의 운명을 가를 수 있다는 것을 알게 되었다.

여성건강사업부뿐만 아니라 첼시 사장의 운명이 걸린 무거운 책임이 유빈의 어깨를 짓누르고 있는 것이었다. 하지만 유빈은 그런 내색을 전혀 하지 않았다. 언제나처럼 자기 할 일에 충실할 뿐이었다.

"……걱정 마십시오, 본부장님. 전 괜찮습니다."

"역시 듬직해. 듬직해. 유빈 씨! 마케팅 여자들이 괴롭히면 나한테 꼭 말해요. 끅. 하아, 여자들은 정말 극성이란 말이야."

유진영 차장이나 장결희 본부장이나 리더의 자리는 책임이 따르는 법. 술이 들어가면 참아 왔던 스트레스가 조금은 나오기 마련이었다.

"본부장님, 조심히 들어가십시오."

"어, 끅! 네. 그래요. 김유빈 씨. 힘내세요."

본부장을 대리기사와 함께 태워 보내고 유빈은 다시 회사로 향했다.

유빈의 발걸음은 장 본부장의 생각만큼 무겁지 않았다. 그의 어깨는 무거운 책임을 짊어질 수 있을 만큼 충분히 강인했다.

"오빠!"

발걸음을 재촉하던 유빈을 누군가가 불러 세웠다.

이지은이었다.

"2차 간 거 아니었어요?"

"……왜 존댓말하고 그래? 멀게 느껴지잖아."

달려왔는지 숨을 고른 이지은의 표정이 굳어졌다.

"저는 이 정도 거리면 충분하다고 생각합니다."

"정말 이러기야? 오랜만에 만났는데 이야기 좀 해."

"전 그다지 할 말이 없습니다. 일 때문에 회사 들어가 봐야 해서 이만."

"내가 그동안 연락 안 해서 그래? 그래서 화난 거야?"

지나쳐 가려던 유빈이 잠시 이지은을 똑바로 바라봤다. 목소리가 차가워졌다.

"……이지은 씨. 앞으로 계속 봐야 할 사이니까 한마디만 하죠. 이지은 씨는 저한테 이미 지나간 과거입니다. 이런 말이 있죠. 남자의 의리는 남자가 모든 것을 다 가졌을 때 알 수 있고, 여자의 의리는 남자가 모든 것을 잃었을 때 알 수 있다고요."

"……."

"내가 모든 것을 잃었을 때, 당신은 매몰차게 저와 헤어졌습니다. 그런데 이제 와서 아무 일도 없었다는 듯이 관계를 회복하려고 하는 것은 너무 뻔뻔한 것 같은데요."

유빈의 단호한 말에 이지은의 표정이 구겨졌다. 그녀가 언제 남자한테 이런 말을 들어 봤겠는가. 거절은 항상 그녀의 몫이었다.

"……그때 일은 미안해. 이제 다른 회사에서 만났으니까 다시 시작해도 되잖아. 오빠도 나한테 미련 있을 거고."

"미련 같은 거 없습니다. 앞으로 회사에서건 밖에서건 말은 안 놓았으면 좋겠네요. 내가 보기에 이지은 씨는 하나도 변하지 않았습니다. 다른 사람의 감정에는 귀를 기울이지 않고 자신의 마음에만 충실하군요."

"……혹시 사귀는 사람 있는 거야?"

그녀의 질문에 유빈이 작은 한숨을 내쉬었다. 소귀에 경 읽기였다. 다시 곰곰이 생각해 보니 이지은은 원래 그런 여자였다.

예전에 사귈 때도 알고 있었다. 그때는 참았지만, 지금은 그럴 필요가 없었다.

"아니요. 하지만 좋아하는 사람은 있습니다. 그리고 좋아하는 사람이 없어도 이지은 씨와는 남녀 사이로 만날 생각이 없습니다.”

“…….”

유빈이 단호하게 선을 긋자 이지은도 더는 말을 꺼내지 못했다. 달라진 건 외모뿐만이 아니었다.

그런데 마음이 쓰리면서도 단호해진 유빈의 모습이 더 멋있게 보였다.

얼굴이 하얘진 이지은에게 살짝 목례하고 몸을 돌렸다. 멍하니 서 있는 그녀를 두고 걸어가던 유빈이 잠시 멈추더니 뒤로 돌아섰다.

“앞으로는 누구와 헤어질 때 전화로 하지 마세요. 그건 정말 예의가 아닙니다.”

이지은과 헤어지고 회사로 들어온 유빈이 노트북의 전원 스위치를 눌렀다.

전 여자 친구를 제네스에서 다시 만나다니. 인연은 인연이었다.

하지만 그녀와의 인연을 더 발전시킬 생각은 전혀 없었다. 오히려 전에 하지 못하고 마음속에만 담아 뒀던 말을 뱉었더니 속이 다 시원했다.

그리고 이지은 때문에 주서윤에 대한 마음은 더 강해졌다. 일 때문에 고백을 미루고 있지만, 유빈은 당장에라도 그녀에게 달려가고 싶었다.

'조금만 더 참자.'

어려운 도전이 유빈을 기다리고 있었다. 고백은 그 이후에 하기로 마음을 다잡았다.

"응? 앤한테 답 메일이 왔네."

유빈이 앤에게서 온 이메일을 클릭했다.

Dear. 유빈.

잘 지내고 있어요?

유빈이 보내 준 두 회사에 대한 리포트는 잘 읽어 봤어요. 바로 메일 보내지 못해서 미안해요.

두 회사에 대한 간략한 리포트였지만 핵심만 담겨 있어서 이해하기가 쉬웠어요. 유빈이 써 준 내용을 바탕으로 전략연구소 소장에게 후속 리포트를 보냈어요.

존 필립 소장이 유빈을 궁금해했지만, 제 비밀 병기라고 둘러댔어요.

경영진에서는 예상한 대로 바이오시밀러 개발은 의사회 의제에 올리지도 않았어요. 다만, 에이티제이 M&A를 본격적으로 진행할 것 같아요. 그리고 CMO 사업도 같이요. 경영진에서도 M&A와 CMO 사업의 전략 부분에 대해서는 높은 평가를 했어요. 유빈 덕분이에요. 고마워요.

마지막으로 셀아키텍트 투자 건은 경영진 의중에 없는 것 같아요. 이제 막 임상 2상에 들어간 바이오시밀러가 개발될 거라는 확신을 갖기가 힘들었나 봐요.

그런데 할아버지는 경영진과 생각이 다른 것 같아요. 유빈이 보내 준 셀아키텍트에 관한 리포트를 흥미 있게 보셨어요.

사실은 이 말을 쓰려고 메일을 이렇게 길게 썼네요. 할아버지가 다음 달 안에 한국에 방문할 생각이라고 하셨어요. 물론 공식적으로는 제네스 코리아 방문이지만 실제로는 셀아키텍트를 가 보실 생각이세요. 비공식 방문이니 유빈이 셀아키텍트와의 미팅을 어레인지 해주셔야 해요.

할아버지가 유빈을 다시 만나는 일도 크게 기대하고 있어요. 가이드 잘 부탁해요. 할아버지께서 유빈에게 직접 전할 말도 있다고 하셨어요. 저도 같이 가고 싶지만 슬프게도 일에 치여서 다음으로 미뤄야 할 것 같네요.

매번 부탁만 해서 미안해요. 빨리 다시 만났으면 좋겠네요. 궁금한 점이 있으면 언제든지 메일 주세요. 전화면 더 좋고요. 다시 만날 때까지 건강하게 지내요.

Sincerely yours,

앤 해밀턴.

"듀레인 회장님이 다음 달에 한국에 오신다고?"

급하게 일정을 잡은 걸 보니 그 짧은 리포트 안에서 셀아키텍트의 가능성을 발견한 모양이었다.

유빈이 앤에게서 온 이메일을 다시 한 번 정독했다.

서우석 회장과 다니엘 듀레인 회장, 유빈이 인정한 두 거인의 만남이 벌써 기대되었다.

맨해튼의 고급 맨션에서 두 남자가 술잔을 기울이고 있었다. 어두운 조명과 은은한 피아노 재즈가 분위기를 한껏 돋우고 있었다.

하지만 짧은 금발 남자의 목소리는 냉랭한 얼굴만큼이나 주변의 따뜻한 분위기를 물리치는 효과가 있었다.

"한국에 가신다고 들었습니다."

"허허. 그렇다네. 아주 기대가 되네."

정정한 백발의 노인이 갈색의 액체와 얼음이 담긴 술잔을 살짝 입에 가져다 댔다.

생각만 해도 기분이 좋은지 옅은 미소가 그려져 있었다.

"갑자기 한국은 왜 가시는 겁니까? 최근 2년간 로칼 지사를 방문한 적이 없으시지 않습니까?

"그게 그렇게 궁금한가? CEO 일을 하기도 바쁠 텐데 늙은이의 일정까지 살피고 말이야."

"조용하게 지내시던 분이 예측 불가능한 행보를 보이시니 궁금해져서요."

"마크, 자네. 아직도 자네 자리가 불안한가?"

"……."

제네스 글로벌 CEO 마크 램버트는 듀레인 회장의 질문에 말없이 술잔을 들이켰다.

"이사회와 주주들도 자네의 능력을 충분히 인정하지 않았나."

"회장님이 남기신 족적이 워낙 거대하다 보니 제 발자국이 어린아이만 한 크기도 안 돼 보여서요."

"허허, 이 사람. 마크, 나는 이미 한물간 늙은이일 뿐이네. 그리고 자네는 아직 앞길이 창창한 사람이고. 한국에 가는 건 새로 생긴 친구를 만나러 가는 것뿐이야. 한국에 갔는데 지사를 방문하지 않으면 말이 나오지 않겠나. 그래서 일정에 넣은 것뿐일세."

"저도 그렇게 믿고 싶습니다."

듀레인 회장이 고개를 돌려 마크 램버트의 눈을 똑바로 쳐다봤다.

마크 램버트의 마음이 이해가 되기는 했다.

그건 마치 유명한 음악인을 아버지로 두고 나름 밴드 활동을 하는 아들의 마음과 비슷할지도 몰랐다.

그의 차가운 눈빛에서 운명을 피하지 못하고 아버지를 죽이게 된 오이디푸스 왕이 함께 떠올랐다.

"……요즘 미래전략 연구소에서 올라온 리포트를 읽어 보고 있습니다. 이번에 선택된 리포트는 앤의 작품이라고 하더군요."

"그래서 자네 생각은 어떤가?"

손녀인 앤의 이야기가 나오자 듀레인 회장의 표정이 온화해지며 눈빛 역시 반짝였다.

"흥미롭습니다만 딱 거기까지입니다. 바이오시밀러는 시장도, 제품도 아직 구체적인 것이 없습니다. 다만 전체적인 시장 분석은 참고할 만하더군요. 헬스케어 1천조 원 시장에서 화학 약품이 600조, 호르몬, 효소 시장이 100조, 백신이 110조, 그리고 항체의약품이 190조. 화학 약품은 제네스가 압도적인 1등이니 항체의약품 회사와의 M&A가 성공하면 앞으로도 제네스는 승승장구할 것입니다."

듀레인 회장이 다시 시선을 창밖으로 돌렸다. 마크 램버트는 개의치 않고 계속 말을 이어 갔다.

"바이오시밀러에 거액을 투자해 새로운 설비를 만들고 R&D를 진행하기에는 확신할 만한 근거가 없습니다. 세계 경제가 악화되고 있는 지금 시점에서 무리한 투자는 독이 될 수 있습니다. 그보다는 확실한 M&A가 이득이라고 판단했습니다."

말을 마친 마크 램버트가 듀레인 회장의 반응을 기다렸다. 숙제를 마친 아이가 아버지의 칭찬을 기다리는 느낌이었다.

"아마 그래서 주주들이 자네를 좋아하는 걸지도. 안정적인 데다가 재무제표도 좋게 만들어주니 좋아할 수밖에."

마크 램버트의 미간이 살짝 찌푸려졌다.

듀레인 회장의 반응이 그의 예상과는 달랐기 때문이었다.

"하지만 마크. 하나만 알아 두게나. 리스크와 프로핏은 비례하는 법일세. 자네 방식으로는 제네스가 살아남을지는 몰라도 지금처럼 1등은 할 수 없을 걸세."

"……참고는 하겠습니다."

"늙은이의 노파심이라고 생각하게나."

마크 램버트의 표정이 조금 더 차가워졌다.

"……그리고 전에 말씀하신 희귀질환 치료 연구는 아무래도 다시 진행하기는 힘들 것 같습니다."

"……그런가?"

"모처럼 만의 부탁인데 들어드리지 못해 죄송합니다. 하지만 제 경영 방침과 정반대로 향하는 길이라 도저히 사인할 수가 없었습니다."

죄송하다는 말과 달리 그의 표정에는 아무런 변화가 없

었다. 현 CEO로서 구 CEO의 작품을 되살릴 이유는 없었다.

"알겠네."

"한국 여행이라. 색다르긴 하겠군요. 잘 다녀오십시오, 회장님. 전 그럼 회사로 돌아가 보겠습니다."

술잔을 내려놓은 마크 램버트가 인사를 하고는 문밖으로 나갔다.

그가 남기고 간 차가운 대화의 여운에 듀레인 회장은 멕칼랜 47년산을 천천히 술잔에 따랐다. 듀레인 회장은 마크 램버트를 CEO로 임명하고 처음으로 후회가 들었다.

"조금 더 신중했어야 했어…… 오늘따라 그 친구와의 대화가 더 그립군. 그 친구와 이야기하다 보면 이상하게도 마음이 따뜻해졌지."

곧 그를 만날 수 있다고 생각하니 술을 마시지 않았는데도 마음이 훈훈해졌다.

듀레인 회장의 방한 소식이 전해지자 제네스 코리아는 난리가 났다.

비록 현 CEO는 아니지만, 아직까지 제네스를 대표하는 인물은 누가 뭐래도 다니엘 듀레인이었다. 게다가 회사의 주요 사안을 결정하는 의사회 의장으로서 그의 회사 내 영향력은 건재했다.

하루가 멀다고 미디어에 얼굴을 내미는 IT업계의 스타 CEO 정도는 아니지만 듀레인 회장 역시 유명인이었다.

그의 방한 소식이 일간지 일면과 아홉 시 뉴스에 짧게나마 소개될 정도였다. 그만큼 그가 한국의 어떤 회사를 방문할지 업계 초유의 관심사였다.

만약 국내 제약회사에 투자 결정이라도 한다면 그 회사는 날개를 단 거나 다름없었다.

벌써 주식시장에는 듀레인 테마주가 형성되어 이유 없이 상한가를 치는 제약회사가 나오기 시작했다.

제네스 코리아 대표이사인 제프리 마이어스는 회의를 통해 각 부서의 철저한 준비를 부탁했다.

카일라 첼시 또한 제약사업부의 책임자로서 한국 매출 상황에 대한 발표를 맡았다. 그녀가 도움을 요청한 사람은 당연히 유빈이었다.

"사장님, OC 프로젝트만 해도 바쁩니다."

"미스터 킴, 프로젝트도 중요하지만 이번에 발표를 잘해서 미스터 체어맨의 마음에 든다면 제 다음 행선지가 뉴욕 본사가 될지도 모른다고요. 그러면 의리 없이 제가 혼자서 가겠습니까?

유빈과 듀레인 회장의 관계를 알 리 없는 첼시 사장이 흥분한 표정으로 다급하게 부탁했다.

그녀가 생각하기에 유빈은 발표의 스페셜리스트였다.

유빈이라면 듀레인 회장도 마음에 들 만한 PPT를 만들 수 있을 거라 확신했다.

첼시 사장의 이런 모습은 또 처음이었다. 듀레인 회장이 대단하기는 한 모양이었다.

첼시 사장이 아무리 한국에 애정이 있다고 해도 그녀는 역시 미국 사람이었다. 그리고 그녀의 최종 목표 역시 본사 임원이었다.

"전에 한 번 인사했는데 기억하실지 모르겠네요."

슈퍼스타를 향한 소녀팬 같은 그녀의 순수한 모습에 유빈은 웃음이 나왔다.

"하하, 제가 도와드리겠습니다. 사장님."

유빈은 말과 그림과 함께 OC 프로젝트를 진행하면서 동시에 첼시 사장의 발표를 틈틈이 도왔다. 그리고 유빈에게는 한 가지 미션이 더 있었다.

'바로 통화가 되려나.'

신호음이 한 번 울리기도 전에 부드러운 여성의 목소리가 전화기 너머서 들려왔다.

—서우석 회장님 비서입니다.

“안녕하세요. 저는 제네스의 김유빈이라고 합니다.”

—아, 잠시만 기다려 주십시오.

유빈이 이름만 이야기했을 뿐인데 잠깐의 공백과 함께 여성의 목소리가 걸걸한 남성의 목소리로 바뀌었다.

—김유빈 씨! 오랜만입니다.

“회장님, 잘 지내셨습니까? 통화가 되어서 다행입니다.”

—하하, 잘 전화하셨습니다. 비서한테 김유빈 씨 이름을 각인시켜 놨습니다. 전화 오면 바로 넘길 수 있게요.

서우석 회장의 깔끔한 일 처리에 감탄이 일었다. 옛날 중국 삼국지에서 장수들이 주군에게 감동할 때, 이런 느낌이었을까.

물론 서 회장이 유빈의 상사는 아니었지만 셀아키텍트의 직원들은 그렇게 느낄 것 같았다.

“바쁘실 것 같아서 본론만 바로 말씀드리겠습니다. 제네스 다니엘 듀레인 회장님이 서 회장님을 만나고 싶다는 의사를 전달해 왔습니다.”

—네? 정말입니까?

무슨 일이 있어도 놀랄 것 같지 않은 서 회장의 목소리가 순간 높아졌다.

"제가 본사에 올린 리포트를 보시고 셀아키텍트에 관심이 생기신 모양입니다. 이번 방한 일정 중 4일째를 비워 놨는데 그때 방문 드릴 것 같습니다."

-이런…… 아, 실례했습니다. 무슨 말을 해야 할지 떠오르지 않는군요. 직접 만난 적은 없지만 제가 제약업계에서 롤모델로 삼고 있는 분이 바로 제네스의 듀레인 회장님입니다. 그분이 우리 회사를 방문하신다니…….

전화기 넘어서 절제된 흥분이 전해졌다.

"그러셨군요. 저도 얼마 전에 뵀는데 정말 좋은 분입니다. 이번 방문의 목적은 잘 모르지만 좋은 결과가 있었으면 하는 바람입니다."

-이 고마움을 어떻게 표현해야 할지 모르겠군요. 어떻게 리포트를 써 주셨길래…… 하하. 아, 이번에 회장님과 함께 오십니까?

"그건 미정입니다. 다만, 방문 전까지는 제가 중간에서 다리 역할을 해야 하는 건 맞습니다."

-꼭 같이 오셨으면 좋겠군요. 제가 회장님께 김유빈 씨 칭찬을 많이 하겠습니다.

"하하, 저보다는 셀아키텍트를 말씀하셔야죠."

-하하, 그런가요?

"저도 뵐 수 있으면 좋겠습니다. 그럼 또 연락드리겠습니다, 회장님."

"고대하고 있겠습니다. 하하."

공항 입국장에서부터 카메라 플래시 세례를 받은 듀레인 회장이 여유 있게 차에 올라탔다.

그를 태운 리무진은 곧바로 제네스 코리아로 향했다.

끝없이 나타나는 십자가, 도로를 가득 채우고 있는 한국산 차들. 도미노처럼 빽빽이 서 있는 네모난 맨션. 서울을 가로지르는 거대한 한강.

듀레인 회장은 흥미롭게 지나쳐 가는 풍경을 바라봤다.

하지만 무엇보다 그를 기분 좋게 만드는 것은 곧 만나게 될 유빈과 셀아키텍트에 대한 기대감이었다.

"미스터 체어맨, 먼 길 오느라 고생하셨습니다."

듀레인 회장이 제네스 코리아 건물에 들어서자 마이어스 대표이사를 비롯한 임직원들이 환영 플래카드와 함께 기다리고 있었다.

듀레인 회장이 기다려 준 직원들을 향해 감사의 인사를 보냈다.

“오, 제프리. 정말 오랜만이군. 타지에서 고생이 많네.”

“나름 재밌게 지내고 있습니다.”

“뉴욕에 있을 때보다 얼굴이 좋군. 적응을 잘하는 자네라면 잘 지내고 있을 거로 생각했네.”

“하하, 그렇습니까? 제가 있는 동안 방문해 주셔서 감사합니다. 이쪽은 제약사업부 사장 카일라 첼시. 그리고 부사장인 최상렬 씨입니다.”

“아, 반갑습니다. 미즈 첼시는 샌프란시스코 미팅 때 인사 나눴죠?”

“아, 네, 네. 기억하시네요. 환영합니다. 회장님.”

듀레인 회장이 예전의 만남을 기억하고 있다는 사실에 첼시 사장은 기쁨을 감추지 못했다. 하지만 유빈에게 보였던 것과 같이 기쁨을 완전히 드러내지 않으려고 애쓰는 모습이었다.

전 직원이 지켜보고 있는 자리였기 때문이었다.

“미스터 최, 반갑습니다.”

“안녕하십니까, 최상렬입니다.”

최상렬이 듀레인 회장의 선명한 눈매를 마주 봤다. 잔주름이 많았지만, 끝을 볼 수 없는 깊이가 느껴졌다.

노구인 듀레인 회장에게서 느껴지는 거대한 카리스마에

최상렬 부사장 정도 되는 사람도 마른침을 삼킬 수밖에 없었다.

'듀레인 회장과 조금이라도 친분을 쌓을 수 있다면 차후에 내가 사장으로 취임하는 데 도움이 되겠지.'

"한국에서 하시고 싶은 일이 있으면 저한테 말씀해 주십시오, 회장님."

"고맙소이다."

최상렬의 유창한 영어에 듀레인 회장이 알 듯 말 듯 고개를 움직였다.

인사를 나눈 듀레인 회장이 잠시 임직원을 둘러봤다.

"으음, 전 직원이 나와 있는 건가?"

"외근 중이거나 급한 미팅이 있는 직원이 아니면 다 나왔습니다. 왜 그러십니까?"

마이어스 대표이사가 답했다.

둘러보던 듀레인 회장의 시선이 한 곳에서 멈췄다.

그가 찾던 사람이 맑은 미소와 함께 살짝 고개를 숙였다.

듀레인 회장도 살짝 눈인사했다.

가서 아는 척을 하고 싶었지만, 사전에 연락한 유빈이 당부했기 때문에 바로 다른 곳으로 시선을 돌렸다. 그와의 회포는 며칠 뒤로 미뤄야 했다.

"회장님, 회사를 한 번 둘러보시죠."

"그렇게 합시다."

"그런데 4일째와 마지막 출국하시는 날은 일정을 비워 놓으셨던데, 다른 일이 있으십니까?"

"허허, 개인 일정이 있네. 새로 사귄 한국 친구와 만날 예정이지."

"네? 한국 친구요?"

듀레인 회장의 모호한 답변에 첼시 사장과 마이어스 대표이사가 서로를 쳐다봤다. 듀레인 회장의 얼굴에 떠오른 미소의 의미를 그들로서는 알 수 없었다.

신기하다.

나이와 인종을 떠나 어떤 사람은 잠깐 대화를 나눴을 뿐인데 평생을 알아 온 친구처럼 편안한 느낌이 든다.

유빈에게 다니엘 듀레인 회장이 그랬다.

그와 로비에서 눈이 마주쳤을 때, 당장 달려가 대화를 나누고 싶었다. 하지만 보는 눈 때문에 참을 수밖에 없었다.

'분명 전생에서도 좋은 인연이었을 거야.'

윤회(輪廻)라는 인생의 중요한 비밀을 경험으로 알고 있는 유빈에게는 지극히 당연한 추측이었다.

전생이었던 미국 영업사원이었을 때의 인연이었을 가능성이 가장 컸다.

하지만 이런 말을 지금 그에게 할 수는 없었다. 그리고 할 필요도 없었다. 현생의 인연만으로도 좋았다.

유빈은 듀레인 회장의 방한 4일째 되는 날, 그를 위해 연차를 신청한 상태였다.

듀레인 회장과 함께 송도에 있는 셀아키텍트를 방문하는 일은 유빈에게 업무의 연장이었지만, 제네스 코리아하고는 상관없는 일이었다.

억울했지만 OC 프로젝트로 하루가 아쉬운 그로서는 일주일의 나머지 날을 더 열심히 일해야 했다.

"오늘은 종영이 몇 화 남지 않았지만, 50%의 시청률에 도전하고 있는 국민드라마 우리 집 막내의 막내 역할을 맡은 이소영 씨, 그리고 둘째 언니 역할의 김혜민 씨를 모셨습니다. 두 분, 안녕하세요."

"안녕하세요. 이소영입니다."

"김혜민입니다."

"이야, 스튜디오에 두 분을 함께 모시니까 눈이 부시네요.

스튜디오가 빛이 납니다. 드라마에서와는 달리 너무 세련되게 옷을 입으셔서 못 알아볼 뻔했습니다."

주말 TV 연예의 베테랑 리포트가 분위기를 재미있게 이끌어 가며 인터뷰를 진행했다.

"이소영 씨는 우리 집 막내에서 가장 기억에 남는 장면을 세 개만 꼽으라면 어떤 장면일까요?"

"세 개요? 아, 고르기가 너무 어렵네요."

이소영이 난처하다는 듯이 김혜민을 쳐다보며 웃었다.

"그럼 지금 바로 생각나는 장면을 골라 주세요."

"아, 그럼 아무래도 피임약 때문에 커피숍에서 오승혁 씨와 싸웠던 장면이 기억나네요."

"아, 그 장면이요. 정말 화제였죠."

"네, 저도 피임약에 대해서 잘 모르고 편견이 있었는데 작가님이 주신 자료를 보고 공부하게 되었어요."

"그랬군요. 그래서 이번에 당당한 여성 피임약 캠페인 홍보대사로 위촉되셨군요."

"네, 여기 김혜민 선배님 하고 둘이서 홍보대사를 하게 되었습니다. 호호."

"두 분이 같이요? 홍보대사를 두 분이 하는 건 처음 들어봤네요."

"그렇죠. 호호,"

"두 분을 보니까 많이 친해지신 것 같은데 김혜민 씨한테 평소에도 선배님이라고 부르나요?"

"아니요. 평소에는 언니라고 부르는데 공적인 자리라서요. 호호."

진행자가 질문을 김혜민에게 넘겼다.

"김혜민 씨도 우리 집 막내에서 미혼모 역할을 완벽하게 재연해서 화제가 되었는데요. 사실은 세 아이의 어머니시잖아요."

"호호, 네 맞습니다. 아이들이 아직 어려서 티비를 못 봐서 다행이에요."

"하긴 드라마에서 워낙 고생하는 역할로 나오니까요. 보는 제가 다 애처로워 보일 정도였습니다."

"미혼모 역할을 위해 미혼모센터에서 미혼모분들과 이야기를 많이 나눴어요. 처음에는 연기 때문에 간 거였는데 이야기를 듣다 보니 마음이 아프더라고요. 그래서 연기로 미혼모들의 힘든 점과 마음을 전달하고 싶었어요. 그분들 중에는 스스로 피임하지 않은 것에 대해 후회하는 분들이 많았어요."

송승연 대리가 동영상의 재생을 멈췄다. 인터뷰의 내용을 확인한 유빈이 만족스러운 표정으로 박수를 쳤다.

"대리님, 고생하셨습니다. 홍보대사뿐만이 아니고 메시지도 잘 전달되었네요."

"아니에요. 매니저님의 아이디어 덕분이죠. 캠페인 홍보대사를 두 명으로 할 거라고는 저도, 박 과장님도 전혀 생각하지 못했거든요."

송승연 대리가 활짝 웃으며 새삼스럽게 유빈을 쳐다봤다. 같이 일하면 일할수록 대단한 남자였다.

유빈이 캠페인 홍보대사의 섭외를 부탁했을 때, 1순위는 당연히 우리 집 막내에 출현하고 있는 이소영이었다.

물론 이소영은 최근에 가장 핫한 배우라 섭외하기가 쉽지 않았다. 새로운 시나리오와 CF, 협찬 등등이 그녀에게 밀려오는 상황이었다.

하지만 이번에도 유빈이 나서서 문제를 해결했다.

박영란 작가를 통해 유빈과 대화를 나눈 그녀와 그녀의 회사는 고심 끝에 제안을 받아들였다.

처음에는 회사 측에서 난감을 표했다.

유빈은 드라마의 역할과 홍보대사가 연결되기 때문에 드라마가 끝나도 지금의 당찬 이미지가 계속 이어질 거라고 설득했다.

이소영의 주장도 회사를 설득하는 데 도움이 되었다.

그녀는 드라마 역할에 푹 빠진 상태였다.

만약 자신이 수인이라면 홍보대사를 마다치 않을 것이

었다. 결정적으로 김혜민도 함께 홍보대사에 임명했다는 말에 그녀는 두말없이 제안을 받아들이고 회사를 설득했다.

유빈은 이소영이 김혜민에게 많이 의지한다는 사실을 촬영장에서 알아챘다.

“저는 처음에는 이소영을 위해서 매니저님이 김혜민 씨도 섭외한 줄 알았어요.”

“하하, 그랬나요.”

김혜민은 극 중에서 미혼모 역할로 나온 데다가 토크 쇼에 자주 출현에서 대중에게 친숙한 이미지였다. 그리고 방송에 자주 나오는 만큼 메시지를 전달할 기회도 많았다.

그리고 그녀는 무엇보다 세 아이의 엄마였다.

피임을 직접 하고 있고 그 사실을 말하는 데 거리낌이 없었다. 유빈은 그 점을 놓치지 않았다.

사실 유빈은 캠페인 홍보대사로 이소영보다도 김혜민을 머릿속에 두고 있었다.

이소영은 이슈성 때문에 같이 섭외한 것이었다.

물론 당사자에게 그렇게 밝히지는 않았지만.

“지금까지는 피임약의 타깃층으로 미혼 여성만 생각했지만, 실제로는 돈이 부족한 대학생보다는 직장 여성이나 아기 엄마가 피임약을 살 수 있는 구매력이 있다는 점에 착안했습니다.”

"아무튼, 대단하세요. 지금 드라마 때문에 우리 캠페인도 같이 이슈가 되고 있으니까요. 벌써 인터뷰 관련 기사만 삼십 개가 넘었어요."

"계속 이어가야 합니다. 박 과장님, '미시들의 수다' 하고는 이야기해 보셨어요?"

"네, 드라마와 피임약 관련 자료, 잡지기사와 인터넷 언론에서 커버한 내용까지 싹 모아서 전달했습니다. 저도 모르고 있었는데 일간지 사설에서도 다룬 적이 있더라고요."

"아직 확답은 못 받았죠?"

"네, 하지만 PD가 긍정적으로 생각해 본다고 했습니다. '미시들의 수다'라면 다뤄 볼 만한 주, 주제니까요."

"제 생각에는 통과되면 김혜민 씨를 게스트로 출연시킬 수 있으면 좋겠네요."

"엇, 그것도 좋은 생각입니다."

뭔가 역할이 반대로 된 모양새지만 박 과장은 제네스 코리아, 아니, 김유빈과 일하게 된 것을 행운으로 생각했다. 말과 그림으로서는 헬스케어에 대한 경험뿐만 아니라 에이전시로서 중요한 성공 케이스를 만들 수 있는 확률이 높았다.

무엇보다 유빈의 신선한 아이디어가 오랫동안 마케팅을 업으로 살아온 박 과장에게 신선한 자극이 되고 있었다.

"조금 전에도 말했지만, 낙엽에서 연기가 올라올 때 부채

질을 열심히 해야 합니다. 우리 집 막내로 겨우 만들어 낸 불씨를 꺼뜨리면 안 되잖아요."

파이팅과 함께 유빈이 미팅을 마무리하고 회의실 밖으로 나왔다.

시간이 지나면서 회사 사람들도 우리 집 막내의 PPL을 주도한 사람이 유빈이라는 사실을 알게 되었다.

PPL의 결과로 최근 피임약에 대한 이야기를 주변에서 심심찮게 들을 수 있었다. 프로젝트의 효과가 나타나고 있다는 방증이었다.

첼시 사장의 인사에 불만을 품고 있던 사람들도 유빈을 인정할 수밖에 없었다.

"내가 한국에서 그렇게 유명한 사람인 줄은 미처 몰랐네. 허허."

"저도 모여 있는 카메라를 보고 깜짝 놀랐습니다. 제 얼굴은 안 찍혀서 다행이네요."

서울외곽순환도로를 시원하게 달리고 있는 리무진 안에서 듀레인 회장과 유빈이 끊임없이 대화를 나눴다.

주로 듀레인 회장이 한국에 와서 느낀 점과 유빈이 그가 궁금했던 점을 풀어 주는 내용이었다.

"3일째까지는 공식 일정이었지만, 4일째는 발표된 일정이 없으니 언론에서도 궁금했던 모양입니다."

"후후, 그걸 알면서도 기자들을 물리치지 말라는 건 이유가 있겠지?"

"네, 하지만 아직 밝히지는 않겠습니다. 하하."

듀레인 회장이 포근한 미소를 지었다.

즐겁게 대화를 나누는 것뿐인데 3일 동안 쌓인 피로가 신기하게도 녹아내리는 기분이었다. 도대체 이 젊은이에게 어떤 비밀이 숨겨져 있는지 궁금했다.

"다음에는 공식 일정 없이 와 봐야겠어. 한옥이라는 곳에서 자 보고도 싶고, 한국 사람들이 집에서 보통 먹는 음식도 먹어 보고 싶네. 그때는 정말 제대로 가이드 부탁하겠네."

"물론입니다. 맡겨만 주십시오!"

한 시간 조금 넘어서 송도로 들어선 차가 셀아키텍트로 향했다. 유빈의 좋은 시력에 낯익은 거구의 남자가 보였다.

'이번에도 서 회장님이 나와 계시는구나.'

유빈은 곧 만나게 될 두 거인의 만남이 어떻게 흘러갈지 정말 궁금했다.

"제네스의 다니엘 듀레인입니다."

"영광입니다. 셀아키텍트의 서우석입니다."

유빈은 직접 볼 수 있지만, 일반 사람들도 오라 또는 기운의 존재를 느낄 때가 있었다.

바로 지금 같은 경우였다.

두 사람은 잠깐의 악수로 서로 비슷한 오라를 가진 동류의 사람이라는 걸 바로 알아챘다.

"유빈의 리포트를 보고 놀랐습니다. 미래를 보고 투자한 서 회장님의 안목에 그저 감탄할 수밖에 없었습니다."

"듀레인 회장님께 그런 칭찬을 들으니 정신이 다 몽롱해집니다. 아직은 준비 단계라 불확실성이 존재합니다만 저는 확신을 하고 회사를 꾸려 나가고 있습니다."

회사를 한 번 둘러본 두 사람과 유빈은 서우석 회장의 집무실에 마주 앉았다. 서우석 회장도 영어를 곧잘 해서 통역은 필요 없었지만, 확실하게 하기 위해 중요한 내용은 유빈이 통역을 자처했다.

분위기가 좋아서 굳이 오라를 퍼뜨릴 필요는 없었지만, 그래도 유빈은 대화에 앞서 회의실 안에 오라를 퍼뜨렸다.

상쾌한 기분이 들었는지 듀레인 회장이 숨을 깊게 들이쉬고는 이야기를 시작했다.

"바이오시밀러에 대한 비전과 기술적인 면에서는 더 물어보지 않아도 될 듯합니다. 그보다는 서 회장님이 회사를 이끌어 가는 방식이 궁금하군요."

서우석 회장을 친근하게 대하던 듀레인 회장의 표정이 진지해졌다. 유빈은 그가 투자를 결정하기 위해 질문을 던진 것이라는 사실을 알 수 있었다.

"흐음, 사람입니다."

중요한 질문이었지만 서 회장의 대답에는 망설임이 없었다.

"사람이요?"

서우석 회장의 짧은 대답에 듀레인 회장이 귀를 기울였다.

"다른 것은 몰라도 저는 셀아키텍트의 기업 문화는 자랑할 수 있습니다. 회사가 궤도에 어느 정도 오른 이후로 셀아키텍트에는 해고가 없습니다."

"해고가 없다고요?"

저성과자의 해고가 지극히 자연스러운 서양의 방식과는 완전히 다른 문화였다. 듀레인 회장의 눈썹이 위로 올라갔다.

"제가 전에 다니던 회사를 못 다니게 된 이후로 결심한 일입니다. 회사 차원에서는 개인을 해고하는 것이지만 그는 가족을 책임지는 가장일 수가 있습니다."

"흐음, 의도는 알겠지만 그게 가능합니까?"

서 회장의 말은 정론이었다.

누구나 아는 이야기지만 경영자로서 때로는 회사를 위해 불가피한 선택을 해야 했다.

"회사는 어려움에 처하면 맨 먼저 직원을 해고합니다. 그런데 이것은 옳은 일이 아닙니다. 옳은 방법도 아니죠. 신기하게도 제가 무해고 정책을 시행하자 각 부서에서 직원 채용이 신중해졌습니다. 행정직 한 명을 뽑는데도 200명을 인터뷰하고 5개월을 끌더군요. 처음에는 비효율적이라는 생각도 했습니다. 그런데 그런 문화가 정착되니까 자연스럽게 능력이 있으면서도 회사에 오래 다닐 친구가 뽑히더군요."

유빈도 듀레인 회장과 마찬가지로 서우석 회장의 말에 집중했다. CEO를 목표로 하는 그로서는 어떤 MBA 교육보다 살아 있는 수업이었다.

"또 다른 장점은 직원들이 업무를 할 때 새로운 방식으로 도전하기 시작했습니다. 실패해도 자르지 않으니 용기를 내는 겁니다."

"오호, 그렇군요."

서우석 회장의 시도에 듀레인 회장도 감탄했다. 듀레인 회장이 놀라운 판단력과 추진력으로 회사를 이끌었다면 서우석 회장은 사람 중심의 경영을 하고 있었다.

"더 좋은 점은 직원들이 제게 진실을 말하더군요. 해고의 공포 때문에 몰라도 아는 척하고 잘못이 있어도 숨겼던 이야기를요. 결국, 이렇게 선순환이 되다 보니 생산성이 2배 가까이 올랐습니다."

"굉장하군요."

유빈도 감탄을 금치 못했다. 그만큼 무해고 정책은 파격적인 실험이었다. 직원이 몇 명 되지 않는 스타트업 기업에서도 쉽지 않은 도전이었다. 그리고 그 도전은 서우석 회장의 리더십으로 셀아키텍트에 성공적으로 안착하고 있었다.

"저는 사람이 비즈니스의 근원이라고 생각합니다. 야근하는 직원들에게 한도 없이 택시비를 지급하는 것도 같은 이유입니다."

듀레인 회장이 살짝 미소를 띠고 고개를 끄덕였다.

그 끄덕임이 무슨 뜻인지는 이어지는 말로 알 수 있었다. 본격적인 투자 의향을 내비친 것이었다.

"제가 알아보니 투자금을 마련하기 위해 한국 주식시장에 상장을 준비하고 있더군요."

듀레인 회장도 그냥 온 것이 아니었다. 그는 셀아키텍트의 현재 상황과 세세한 부분에 대해서도 놓치지 않고 있었다.

"아무래도 자금이 많이 필요한 사업이다 보니 상장을 안 할 수가 없었습니다. 그런데 바이오시밀러의 특성상 EMA나 FDA에서 승인을 받으려면 일정량의 재고를 가지고 있어야 합니다. 그래야 승인이 되면 바로 통관시킬 수 있기 때문입니다."

듣고 있던 유빈이 나직하게 말했다.

"그런데 그 재고 문제로 상장이 어려운 거군요. 재무제표도 안 좋게 나올 거고요."

"정확히 보셨습니다."

"서 회장님의 말씀 잘 들었습니다. 셀아키텍트는 제가 생각한 것 이상의 회사가 될 것 같군요. 기술도 뛰어나지만 저는 서 회장님이 만든 기업 문화에 더 큰 찬사를 보내고 싶습니다."

"그렇게 말씀해 주시니 뿌듯합니다."

듀레인 회장을 마주 본 서우석 회장의 거구가 감동으로 살짝 흔들렸다. 롤모델로 삼고 있는 듀레인 회장이 자신의 경영 방식을 인정해 주고 있었다.

"안타깝지만 회사 차원에서는 셀아키텍트에 대한 투자 논의가 이뤄지지 않았습니다."

"그렇군요……."

서우석 회장의 반응을 보면서 듀레인 회장이 말을 이어갔다.

"하지만 저는 유빈의 보고서를 처음 읽었을 때부터 투자할 마음이 있었습니다. 그리고 오늘 서 회장님을 만나고 그 마음이 확신으로 바뀌었습니다. 제 개인적으로 셀아키텍트에 투자하겠습니다."

"정말이십니까?"

서 회장의 어안이 벙벙해졌다.

회사 차원의 투자가 아니라 개인적인 투자를 할 것이라고 생각 못 한 바였다.

"물론입니다. 미국으로 돌아가면 공식적인 투자 제안서를 보내겠습니다. 음, 그리고 제 대리인은 여기 있는 유빈입니다."

"네? 제가요?"

옆에서 가만히 듣고 있던 유빈은 듀레인 회장의 깜짝 발언에 그를 쳐다봤다.

듀레인 회장의 오라를 보고 투자할 거라고는 확신했지만 대리인이라니.

기분이 좋으면서도 이상했다.

대리인으로 세울 정도면 그 정도로 믿는다는 뜻이었다.

"자네 덕분에 좋은 사람을 사귀고 좋은 회사에 투자하게 되지 않았는가? 유빈, 자네가 책임지고 마무리해 주게. 그 전에 서 회장님이 승낙을 해야겠지만. 허허."

"듀레인 회장님의 제안은 저로서는 정말 기쁩니다."

그런데 유빈과 듀레인 회장이 대화하는 동안 놀람이 가시면서 서 회장이 복잡한 속마음이 얼굴에 조금씩 나타났다.

듀레인 회장의 투자!

제약업계에 몸담은 사람으로서 누구나 바라는 일이었다.

듀레인 회장이 제네스의 CEO일 때, 그는 뛰어난 안목으로 작은 제약회사 여러 곳을 인수 합병했다.

당시에는 해당 기업 가치보다 비싼 비용을 지급했다고 비판받았지만, 시간이 흐르면서 결국 그의 선택이 옳았다는 것이 밝혀졌다. 그의 투자는 비용보다 수십 배의 이익을 제네스에 가져다주었다.

그런 안목을 가진 듀레인 회장이 셀아키텍트에 투자를 결정했으니 속으로는 흥분될 수밖에 없었다.

하지만 서우석 회장은 신중했다.

"투자 금액은 어느 정도로 생각하시나요?"

"2천만 달러입니다."

듀레인 회장이 망설이지 않고 답했다. 한국에 오기 전에 맥시멈으로 생각한 투자 금액이었다.

생각 같아서는 더하고 싶지만 그건 차후에 진행해도 될 문제였다.

"2천만 달러…."

230억 원 정도라면 아주 큰 투자 금액은 아니었다.

하지만 자금난을 겪고 있는 그로서는 단비와 같은 금액이었다.

유빈이 시시각각 변하는 서우석 회장의 오라를 살폈다. 그의 오라로부터 강렬한 사념이 전해져 왔다.

"지분 때문에 고민하시는군요."

투자 제안에도 즉답하지 않는 서우석 회장을 향해 유빈이 조심스럽게 이야기했다.

"흐음, 그렇다네."

유빈이 자신의 속마음을 정확히 짚어 내자 서 회장은 순간 흠칫했지만, 유빈에게 털어놓는 편이 낫다는 판단을 곧바로 내렸다.

지금 서우석 회장은 기업의 지배력에 대해 생각하고 있었다. 바이오산업은 어떤 산업보다 리더의 통찰력과 리더십이 중요하다. 그런데 투자를 통해 지분이 줄어들면 그만큼 회사에 대한 지배력이 줄어들고 빠른 결정을 내릴 수가 없었다.

그가 우려하는 것이었다.

유빈도 서 회장과 마찬가지 생각이었다.

지금 듀레인 회장이 투자하려는 230억 원 때문이 아니었다.

중요한 것은 돈이 아니라 듀레인 회장의 명성이었다.

듀레인 회장이 셀아키텍트에 투자했다는 사실이 알려지면

분명히 전 세계의 국영투자회사를 비롯해 헬스케어 펀드에서도 주목할 것이 분명했다.

그렇게 투자가 이어지면 서 회장의 지분이 줄어드는 것은 자명한 일이었다.

투자를 받으면서도 지배력을 잃지 않는 방법.

유빈은 호심법을 운용하며 머릿속을 정리했다. 흥분된 마음이 가라앉으면서 머릿속이 맑아졌다. 그러자 누군가가 뇌 안으로 새로운 아이디어를 집어넣어 주는 듯한 느낌이 들었다.

"아!"

유빈의 짧은 경호성에 고민하던 서 회장이 고개를 들었다.

"방법이 있습니다."

"정말입니까?"

서우석 회장이 믿을 수 없다는 눈초리로 유빈을 쳐다봤다. 그 짧은 시간에?

듀레인 회장에게 양해를 구한 유빈이 서우석 회장에게 떠오른 생각을 풀어놨다.

이야기를 다 들은 서우석 회장의 표정이 여러 차례 변했다.

"지배 구조를…… 흐음."

"방법은 지금 회장님이 가지고 계신 셀아키텍트 홀딩스는 유지하면서 지배 구조를 다분화하는 겁니다. 생산은 셀아키텍트 그리고 판매는 셀아키텍트헬스케어로요."

"그렇게 되면…… 흐음."

서 회장이 연속으로 침음을 삼켰다.

유빈의 말에 서 회장의 생각이 깊어졌다.

"말씀하신 것처럼 EMA과 FDA에서 허가를 받으려면 일정량의 재고가 있어야 합니다. 재고가 부담된다면 역으로 이용하면 됩니다."

"어떤 방법으로…… 그게 가능합니까?"

"셀아키텍트에서 생산한 약품을 셀아키텍트헬스케어로 넘기면서 계약 공시를 하면 셀아키텍트는 정상적인 재무구조를 가질 수 있습니다. 그럼 회장님의 고민인 상장도 가능할 겁니다."

"가능은 하겠지만 회사가 제대로 평가를 받을 수 있겠습니까?"

부정적으로 묻기는 했지만 서 회장의 표정이 조금이나마 밝아져 있었다. 그도 유빈의 방법에서 가능성을 엿본 모양이었다.

"물론 창고매출이다 뭐다 해서 제대로 평가받기가 쉽지는 않을 겁니다. 하지만 셀아키텍트를 상장하면서 얻게 되는 가장 큰 이득은 바이오시밀러를 개발할 때까지 필요한 투자 금액을 일부분이라도 확보할 수 있다는 겁니다."

"CMO 사업 역시 셀아키텍트 사업으로 잡아야겠군요. 그럼 실매출도 발생할 테니까요."

표정이 밝아진 서 회장이 맞장구를 쳤다.

"네. 여기서 중요한 키는 듀레인 회장님이 투자했다는 사실이죠. 매출에 대한 신뢰 문제를 상쇄해 줄 겁니다."

"으음, 으으음……."

서 회장이 이리저리 장단점을 따져 봤다. 왜 지금까지 이런 생각을 못 했을까 할 정도로 명쾌한 해법이었다.

듀레인 회장은 두 사람이 어떤 이야기를 나누고 있는지는 모르지만, 그 모습을 흥미롭게 지켜봤다.

유빈이 어떤 해결책을 내놓고 서 회장이 고민하는 모습 같았다. 뉴욕에서 제네스의 미래를 위해 열정적으로 자기 생각과 의견을 이야기하는 모습과 겹쳐 보였다.

'유빈, 자네의 그런 열정은 도대체 어디서 오는 건가.'

유빈을 지켜보면서 듀레인 회장도 가슴이 뜨거워지는 것을 느꼈다.

자신의 시대는 이미 지나갔다고 생각한 그였다.

하지만 유빈과 만나면서 꺼졌다고 생각한 그의 열정이 아직 뜨겁다는 사실을 깨달았다.

물론, 예전처럼 일에만 매달릴 생각은 없었다.

어렵게 다시 만난 딸과 손녀와의 시간은 그에게 무엇보다 중요했다.

그 첫 번째 단계로 듀레인 회장은 서우석 회장과 마찬가지로 자신의 열정을 사람을 통해 실현하고 싶었다.

그리고 그 대상이 바로 눈앞에서 열심히 열정을 불태우고 있었다.

듀레인 회장은 유빈과 서 회장을 도와주고 싶었다.

서우석 회장과의 대화를 통해 결론을 조율한 유빈이 고개를 끄덕였다. 이제 중요한 것은 듀레인 회장의 승낙 여부였다.

유빈은 다시 두 사람이 서 있는 링에서 내려왔다.

"회장님의 투자 결정에는 정말 감사드립니다."

서우석 회장은 유빈과 나눈 대화를 간단하게 설명했다. 요점은 셀아키텍트홀딩스가 아닌 새로 만들 셀아키텍트에 투자해 달라는 이야기였다.

셀아키텍트홀딩스가 셀아키텍트의 대주주 지위만 유지할 수 있으면 의사결정에는 큰 문제가 없었다. 투자를 받아서 지분율이 줄어든다고 해도 부담이 적다는 뜻이었다.

"무슨 뜻인지는 알겠습니다. 제가 홀딩스의 지분을 취득한다고 회사 운영에는 간섭할 생각이 전혀 없었습니다. 좋습니다. 서 회장님의 말씀처럼 셀아키텍트에 투자하는 방식으로 하겠습니다."

듀레인 회장은 그다지 고민하지 않고 답했다.

그에게 중요한 것은 홀딩스냐, 아니냐가 아니었다. 그가 투자하는 대상은 바로 서우석 회장이라는 사람 자체였다.

"정말 감사합니다!"

듀레인 회장이 고집을 부린다면 투자를 못 받아도 전혀 할 말이 없는 상황이었다.

"유빈, 자네의 생각인가?"

"……네, 회장님."

"앤이 MBA 학위를 따라고 한 말을 잊어버리게. 자네가 새로 뭔가를 배울 수 있는 학교는 없을 걸세."

듀레인 회장의 부드러운 미소에 유빈이 머리를 긁적였다.

"죄송합니다. 회사 직원으로서 제네스의 이익을 더 생각했어야 했는데 셀아키텍트를 도와주고 싶은 마음이 강했습니다."

"허허. 허허허. 그거 아나? 자네는 정말 멋진 친구야."

유빈의 솔직한 대답에 듀레인 회장이 유쾌한 너털웃음을 터뜨렸다.

"네?"

"지금 그 마음을 잊지 말게. 나도 예전에 작은 제약회사들을 인수하면서 창업주들과 많은 이야기를 나눴지. 그들의 열정과 땀에 대해 알게 된 후에는 제네스보다 그들의 편에서 합병을 진행했지. 마치 아이를 입양하는 것처럼 아끼면서 조심스럽게 제네스로 데리고 왔네. 왜인지 아나? 실제로 창업주에게는 회사가 아이나 마찬가지이기 때문이네."

"회장님……."

유빈은 진정으로 감동했다.

누군가에게 진실로 이해받는다는 느낌은 마약보다도 강한 쾌감을 줬다.

"허허, 자네가 회사에 도움이 안 된다면 이 늙은이라도 도움이 돼야겠지."

듀레인 회장이 유빈의 어깨를 두드려 주며 장난스럽게 말을 꺼냈다.

"서 회장님, 투자를 하면서 한 가지 조건이 있습니다."

"네, 말씀하십시오."

"바이오시밀러 개발이 끝나고 판매권 파트너사 선정 시 제네스를 1차 대상자로 선정해 주십시오."

"물론입니다. 제네스 같이 판매망이 잘되어 있는 회사와 손잡는 것은 저로서도 대환영입니다."

이미 유빈에게 언질을 받은 서 회장이 시원하게 답했다.

"좋습니다. 좋군요. 허허. 한국에 온 보람이 있습니다. 서 회장님, 꼭 성공하기 바랍니다."

서우석 회장이 고마움이 듬뿍 담긴 눈으로 유빈을 쳐다봤다.

처음 봤을 때부터 보통이 아닌 젊은이라는 건 알았지만, 오늘 유빈이 보여 준 능력은 상상을 초월하는 것이었다.

서우석 회장은 지금 이 순간 듀레인 회장이 부러웠다. 김유빈이라는 부하 직원을 두었다는 사실 때문이었다.

"김유빈 씨는 셀아키텍트에 투자할 생각이 없나요?"

"제가요? 음……."

한 번도 생각해 보지 않은 일이었지만, 생각해 보면 셀아키텍트만 한 투자처도 없었다.

"서 회장님, 다른 건 몰라도 유빈은 안 됩니다. 허허."

하지만 듀레인 회장은 바로 서 회장의 마음을 읽어 냈다. 단기투자가 아니라면 그 회사의 주식에 투자해 주주가 된다는 것은 단순한 일이 아니었다. 그만큼 회사에 관심과 애정을 갖게 된다는 뜻이었다.

유빈은 경영자라면 누구라도 탐낼 인재였다.

열정, 능력, 마음가짐, 태도 무엇 하나 빠지는 게 없었다. 서 회장은 에둘러 그의 마음을 표현한 것이었다.

"하하, 유빈 씨가 송도의 신선한 회를 먹어 보면 마음이 달라질 겁니다. 비즈니스는 여기까지 하고 나가시죠. 제가 거하게 대접하겠습니다."

"오, 서 회장님의 그 말씀을 기다리고 있었습니다. 기대가 되는군요. 유빈, 자네 술 잘 마시나? 제프리가 그러는데 복분자술이라는 게 그렇게 맛있다더군."

"회장님은 상상도 못 하실 겁니다. 하하."

유빈은 다음 날인 듀레인 회장의 출국에 인천공항까지 배웅했다. 토요일이기 때문에 부담 없는 동행이었다.

유빈이 인천공항 내 편의점 가판에 꽂혀 있는 경제신문 1면 헤드라인을 보며 살짝 미소를 지었다.

[제네스 듀레인 회장, 셀아키텍트 전격 방문]

아직 기사 내용을 확인하지는 못했지만 뻔했다.

셀아키텍트가 어떤 회사인지, 왜 듀레인 회장이 방문했는지에 대한 기사일 것이다. 어쩌면 서 회장은 앞으로 밀려드는 투자에 소리 없는 비명을 질러야 할지도 몰랐다.

"으음, 복분자술 때문이라도 한국에 다시 와야 할 것 같네."

듀레인 회장이 어제 송도에서 먹었던 신선한 회와 복분자술 맛이 떠오르는지 입맛을 다시며 이야기했다.

"뉴욕에서도 파는 곳이 있을 겁니다. 회장님."

"허허, 자네가 내 말뜻을 이해 못 했군. 혼자서 마시면 뭐 하겠나. 서 회장과 자네같이 이야기가 잘 통하는 사람들과 마셔야 진정 술맛이 나는 법이네."

"하하, 다음에 뉴욕에 가게 되면 제가 사 가지고 가겠습니다."

대화하다 보니 탑승할 시간이 가까워졌다.

"유빈, 프로젝트는 잘 진행되고 있는가?"

듀레인 회장이 진지한 표정으로 물었다.

"아직 통계 조사를 해 보지는 않아서 성과는 알 수 없습니다만, 세부 기획은 잘 진행되고 있습니다."

"음, 그래야지. 내가 도와줄 일은 없나?"

"회장님께서요?"

"자네가 한시라도 빨리 성공해야 그만큼 뉴욕에도 빨리 오지 않겠는가. 허허."

유빈은 생각지도 않은 제안에 잠시 고민을 했다.

안 그래도 첼시 사장에게 부탁할 일이었는데 듀레인 회장의 말이라면 더 빨리 진행될 것 같았다.

"회장님, 그럼 한 가지만 부탁드리겠습니다."

5권에서 계속

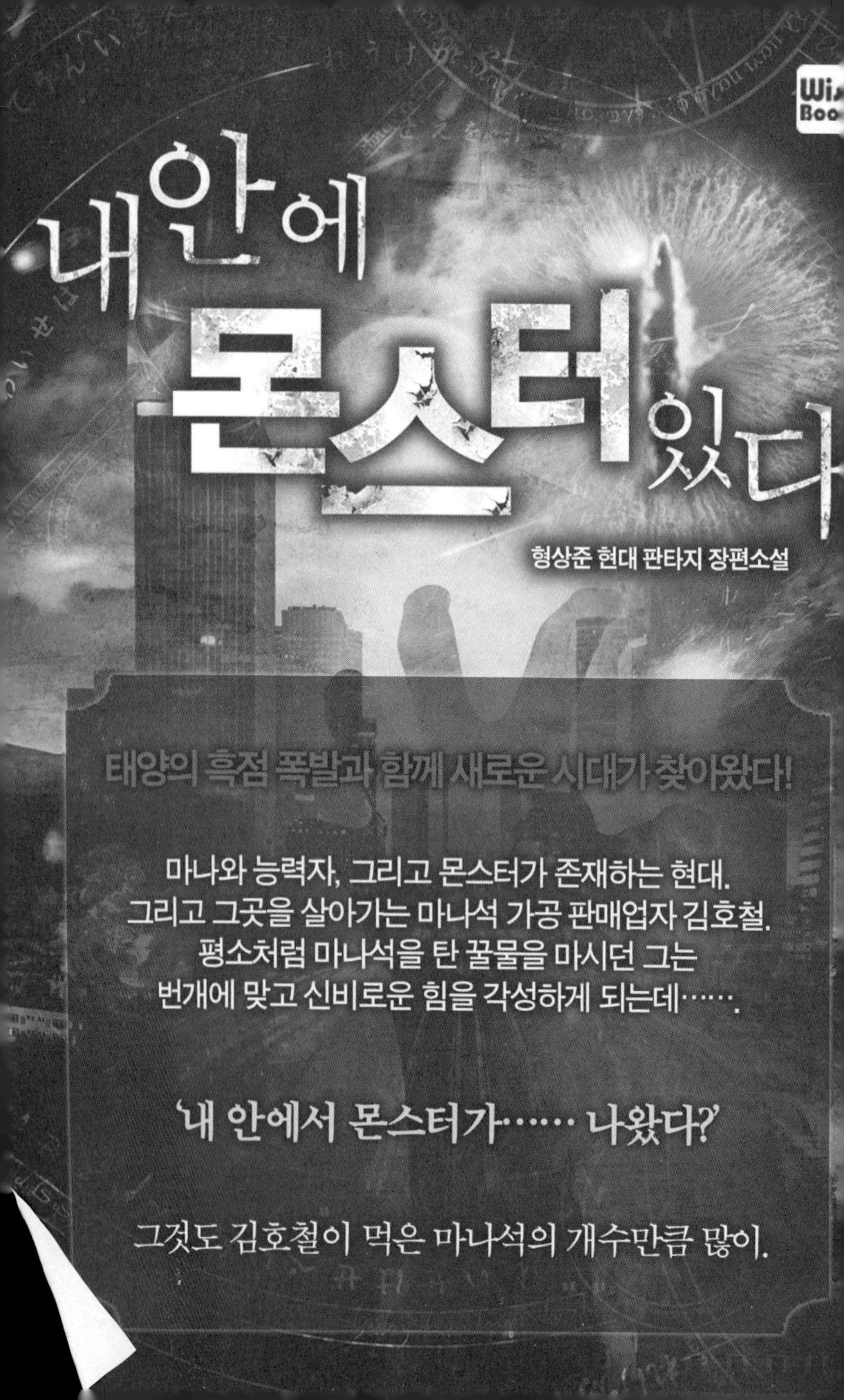
내안에 몬스터있었다
형상준 현대 판타지 장편소설
태양의 흑점 폭발과 함께 새로운 시대가 찾아왔다!
마나와 능력자, 그리고 몬스터가 존재하는 현대.
그리고 그곳을 살아가는 마나석 가공 판매업자 김호철.
평소처럼 마나석을 탄 꿀물을 마시던 그는
번개에 맞고 신비로운 힘을 각성하게 되는데…….
'내 안에서 몬스터가…… 나왔다?'
그것도 김호철이 먹은 마나석의 개수만큼 많이.

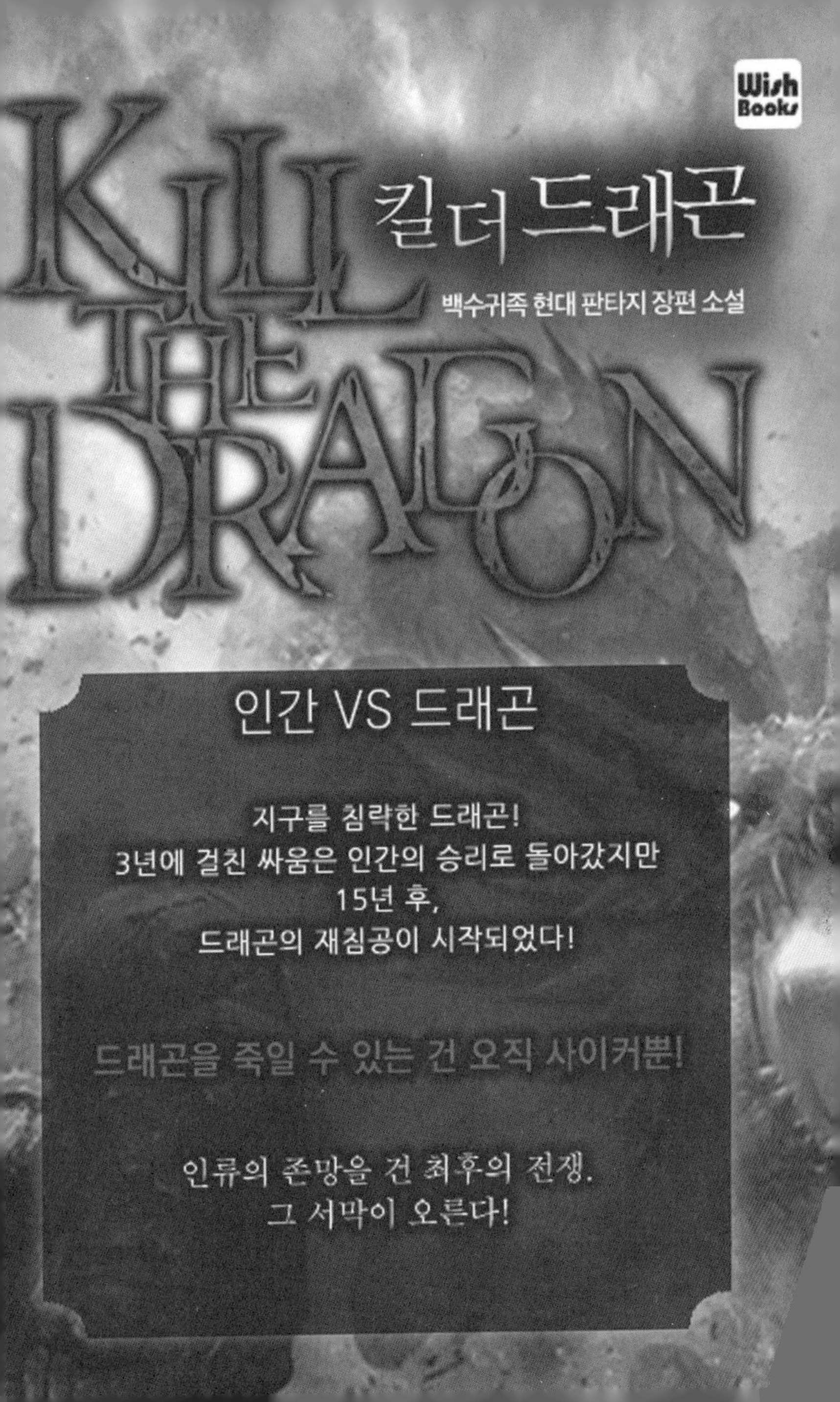
Wish Books
KILL THE DRAGON
킬 더 드래곤
백수귀족 현대 판타지 장편 소설
인간 VS 드래곤
지구를 침략한 드래곤!
3년에 걸친 싸움은 인간의 승리로 돌아갔지만
15년 후,
드래곤의 재침공이 시작되었다!
드래곤을 죽일 수 있는 건 오직 사이커뿐!
인류의 존망을 건 최후의 전쟁.
그 서막이 오른다!

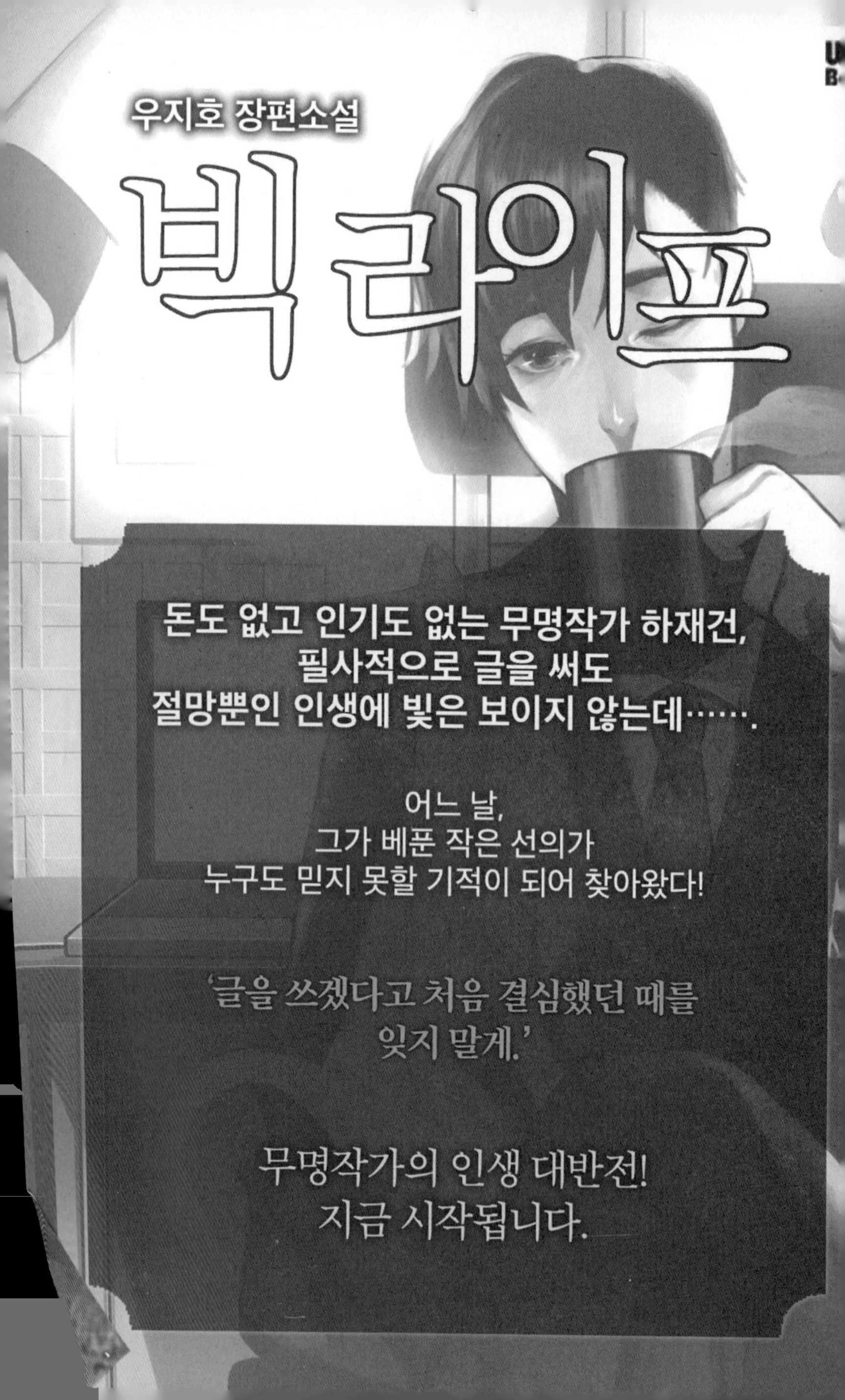
우지호 장편소설
빅 라이프
돈도 없고 인기도 없는 무명작가 하재건,
필사적으로 글을 써도
절망뿐인 인생에 빛은 보이지 않는데…….
어느 날,
그가 베푼 작은 선의가
누구도 믿지 못할 기적이 되어 찾아왔다!
'글을 쓰겠다고 처음 결심했던 때를
잊지 말게.'
무명작가의 인생 대반전!
지금 시작됩니다.

어떤 사물에는 그것을 오랜 기간 사용한
사람의 잠재된 능력이 고스란히 담긴다.
그리고 난 그것을 사용할 수 있다.

천재 디자이너, 죽은 이도 살리는 명의,
감성을 울리는 피아니스트, 바람기 가득한 첩보원.
그 누구라도 될 수 있다. 단, 애장품만 있다면!

달인의 눈으로 세상을 바라보는,
유쾌한 민호의 더 유쾌한 애장품 여행기!

레벨업 어게인

LEVEL UP AGAIN

잘은 모르겠지만 과거로 돌아왔다.

최단 기간, 최고 속도 레벨 업, 노블레스 등급 클리어.
생각지 못했던 행운들에 시스템상 주어지는 위대한 이름,
앰플러스 네임까지.

모든 게 좋았다.
사랑했던 여자도 이젠 지킬 수 있을 것 같았다.

[앰플러스 네임 '빛의 성웅'이 성립됩니다.]

그런데 뭐냐. 이 요상한 이름은……?
나 그런거 아닌데. 아 진짜. 아니라니까요.